高等院校应用型设计教育规划教材
PLANNED TEXTBOOKS ON APPLIED DESIGN EDUCATION FOR STUDENTS OF UNIVERSITIES & COLLEGES

DIF
DESIGN FOUNDATION

数码构成设计
DIGITAL CONSTRUCTION DESIGN

DIF 钱安明 孙哲 郝振金 尹雪峰 叶苗 编著

合肥工业大学出版社
HEFEI UNIVERSITY OF TECHNOLOGY PRESS

图书在版编目数据
CIP ACCESS

数码构成设计
DIGITAL CONSTRUCTION DESIGN

图书在版编目（CIP）数据

数码构成设计/钱安明等编著.—合肥：合肥工业大学出版社，2009.12

高等院校应用型设计教育规划教材

ISBN 978-7-5650-0129-1

Ⅰ.数… Ⅱ.钱… Ⅲ.数字技术-高等学校-教材 Ⅳ.TN

中国版本图书馆CIP数据核字（2009）第201434号

数码构成设计

编　　著	钱安明　孙　哲　郝振金　尹雪峰　叶　苗
责任编辑	方立松　王方志
封面设计	刘葶葶
内文设计	陶霏霏
技术编辑	程玉平
书　　名	高等院校应用型设计教育规划教材——数码构成设计
出　　版	合肥工业大学出版社
地　　址	合肥市屯溪路193号
邮　　编	230009
网　　址	www.hfutpress.com.cn
发　　行	全国新华书店
印　　刷	安徽联众印刷有限公司
开　　本	889mm×1092mm　1/16
印　　张	6
字　　数	190千字
版　　次	2010年1月第1版
印　　次	2010年1月第1次印刷
标准书号	ISBN 978-7-5650-0129-1
定　　价	39.00元（含教学光盘1张）
发行部电话	0551-2903188

编撰委员会

丛书主编：邬烈炎

丛书副主编：金秋萍 王瑞中 马国锋 钟玉海 孟宪余

编委会（排名不分先后）

王安霞	潘祖平	徐亚平	周 江	马若义
吕国伟	顾明智	黄 凯	陆 峰	杨天民
刘玉龙	詹学军	张 彪	韩春明	张 非
郑 静	刘宗红	贺义军	何 靖	刘明来
庄 威	陈海玲	江 裕	吴 浩	胡是平
胡素贞	李 勇	蒋耀辉	陈 伟	邬红芳
黄志明	高 旗	许存福	龚声明	王 扬
孙成东	霍长平	刘 彦	张天维	徐 仂
徐 波	周逢年	宋寿剑	钱安明	袁金龙
薄芙丽	森 文	李卫兵	周 瞳	蒋粤闽
季文媚	曹 阳	王建伟	师高民	李 鹏
张 蕾	范聚红	刘雪花	孙立超	赵雪玉
刘 棠	计 静	苏 宇	张国斌	高 进
高友飞	周小平	孙志宜	闻建强	曹建中
黄卫国	张纪文	张 曼	盛维娜	丁 薇
王亚敏	王兆熊	曾先国	王慧灵	陆小彪
王 剑	王文广	何 佳	孟 琳	纪永贵
倪凤娇	方福颖	李四保	盛 楠	闫学玲

江南大学　　　南京艺术学院　　　北京服装学院

方立松　　　周 江　　　何 靖

参 编 院 校

排名不分先后

江南大学	南京艺术学院
苏州大学	南京师范大学
南京财经大学	南京林业大学
南京交通职业技术学院	徐州师范大学
常州工学院	常州纺织服装职业技术学院
太湖学院	盐城工学院
三江学院	江苏信息职业技术学院
无锡南洋职业技术学院	苏州科技学院
苏州工艺美术职业技术学院	苏州经贸职业技术学院
东华大学	上海科学技术职业学院
上海交通大学	上海金融学院
上海电机学院	武汉理工大学
华中科技大学	湖北美术学院
湖北大学	武汉工程大学
武汉工学院	江汉大学
湖北经济学院	重庆大学
四川师范大学	华南师范大学
青岛大学	青岛科技大学
青岛理工大学	山东商业职业学院
山东青年干部职业技术学院	山东工业职业学院
青岛酒店管理职业技术学院	湖南工业大学
湖南师范大学	湖南城市学院
吉首大学	湖南邵阳职业技术学院
河南大学	郑州轻工学院
河南工业大学	河南科技学院
河南财经学院	南阳学院
洛阳理工学院	安阳师范学院
西安工业大学	陕西科技大学
咸阳师范学院	宝鸡文理学院

参 编 院 校

排名不分先后

渭南师范大学	北京服装学院
首都师范大学	北京联合大学
北京师范大学	中国计量学院
浙江工业大学	浙江财经学院
浙江万里学院	浙江纺织服装职业技术学院
丽水职业技术学院	江西财经大学
江西农业大学	南昌工程学院
南昌航空航天大学	南昌理工学院
肇庆学院	肇庆工商职业学院
肇庆科技职业技术学院	江西现代职业技术学院
江西工业职业技术学院	江西服装职业技术学院
景德镇高等专科学校	江西民政学院
南昌师范高等专科学校	江西电力职业技术学院
广州城市建设学院	番禺职业技术学院
罗定职业技术学院	广州市政高专
合肥工业大学	安徽工程科技学院
安徽大学	安徽师范大学
安徽建筑工业学院	安徽农业大学
安徽工商职业学院	淮北煤炭师范学院
淮南师范学院	巢湖学院
皖江学院	新华学院
池州学院	合肥师范学院
铜陵学院	皖西学院
蚌埠学院	安徽艺术职业技术学院
安徽商贸职业技术学院	安徽工贸职业技术学院
滁州职业技术学院	淮北职业技术学院
桂林电子科技大学	华侨大学
云南艺术学院	河北科技师范学院
韩国东西大学	

总序

目前艺术设计类教材的出版十分兴盛，任何一门课程如《平面构成》、《招贴设计》、《装饰色彩》等，都可以找到十个、二十个以上的版本。然而，常见的情形是许多教材虽然体例结构、目录秩序有所差异，但在内容上并无不同，只是排列组合略有区别，图例更是单调雷同。从写作文本的角度考察，大都分章分节平铺直叙，结构不外乎该门类知识的历史、分类、特征、要素，再加上名作分析、材料与技法表现等等，最后象征性地附上思考题，再配上插图。编得经典而独特，且真正可供操作、可应用于教学实施的却少之又少。于是，所谓教材实际上只是一种讲义，学习者的学习方式只能是一般性地阅读，从根本上缺乏真实能力与设计实务的训练方法。这表明教材建设需要从根本上加以改变。

从课程实践的角度出发，一本教材的着重点应落实在一个"教"字上，注重"教"与"讲"之间的差别，让教师可教，学生可学，尤其是可以自学。它必须成为一个可供操作的文本、能够实施的纲要，它还必须具有教学参考用书的性质。

实际上不少称得上经典的教材其篇幅都不长，如康定斯基的《点线面》、伊顿的《造型与形式》、托马斯·史密特的《建筑形式的逻辑概念》等，并非长篇大论，在删除了几乎所有的关于"概念"、"分类"、"特征"的絮语之后，所剩下的就只是个人的深刻体验、个人的课题设计，于是它们就体现出真正意义上的精华所在。而不少名家名师并没有编写过什么教材，他们只是以自己的经验作为传授的内容，以自己的风格来建构规律。

大多数国外院校的课程并无这种中国式的教材，教师上课可以开出一大堆参考书，却不编印讲义。然而他们的特点是"淡化教材，突出课题"，教师的看家本领是每上一门课都设计出一系列具有原创性的课题。围绕解题的办法，进行启发式的点拨，分析名家名作的构成，一次次地否定或肯定学生的草图，无休止地讨论各种想法。外教设计的课题充满意趣以及形式生成的可能性，一经公布即能激活学生去进行尝试与探究的欲望，如同一种引起活跃思维的兴奋剂。

因此，备课不只是收集资料去编写讲义，重中之重是对课程进行设计有意义的课题，是对作业进行编排。于是，较为理想的教材结构，可以以系列课题为主，其线索以作业编排为秩序。如包豪斯第一任基础课程的主持人伊顿在教材《设计与形态》中，避开了对一般知识的系统叙述，而是着重对他的课题与教学方法进行了阐释，如"明暗关系"、"色彩理论"、"材质和肌理的研究"、"形态的理论认识和实践"、"节奏"等。

每一个课题都具有丰富的文件，具有理论叙述与知识点介绍、资源与内容、主题与关键词、图示与案例分析、解题的方法与程序、媒介与技法表现等。课题与课题之间除了由浅入深、从简单到复杂的循序渐进，更应该将语法的演绎、手法的戏剧性、资源的趣味性及效果的多样性与超越预见性等方面作为侧重点。于是，一本教材就是一个题库。教师上课可以从中各取所需，进行多种取向的编排，进行不同类型的组合。学生除了完成规定的作业外，还可以阅读其他课题及解题方法，以补充个人的体验，完善知识结构。

从某种意义上讲，以系列课题作为教材的体例，使教材摆脱了单纯讲义的性质，从而具备了类似教程的色彩，具有可供实施的可操作性。这种体例着重于课程的实践性，课题中包括了"教学方法"的含义。它所体现的价值，就在于着重解决如何将知识转换为技能的质的变化，使教材的功能从"阅读"发展为一种"动作"，进而进行一种真正意义上的素质训练。

从这一角度而言，理想的写作方式，可以是几条线索同时发展，齐头并进，如术语解释呈现为点状样式，也可以编写出专门的词汇表；如名作解读似贯穿始终的线条状；如对名人名论的分析，对方法的论叙，对原理法则的叙述，就如同面的表达方式。这样学习者在阅读教材时，就如同看蒙太奇镜头一般，可以连续不断，可以跳跃，更可以自己剪辑组合，根据个人的问题或需要产生多种使用方式。

艺术设计教材的编写方法，可以从与其学科性质接近的建筑学教材中得到借鉴，许多教材为我们提供了示范文本与直接启迪。如顾大庆的教材《设计与视知觉》，对有关视觉思维与形式教育问题进行了探讨，在一种缜密的思辨和引证中，提供了一个具有可操作性的教学手册。如贾倍思在教材《型与现代主义》中以"形的构造"为基点，教学程序和由此产生创造性思维的关系是教材的重点，线索由互相关联的三部分同时组成，即理论、练习与构成原理。如瑞士苏黎世高等理工大学建筑学专业的教材，如同一本教学日志对作业的安排精确到了小时的层次。在具体叙述中，它以现代主义建筑的特征发展作为参照系，对革命性的空间构成作出了详尽的解读，其贡献在于对建筑设计过程的规律性研究及对形体作为设计手段的探索。又如陈志华教授写作于20世纪70年代末的那本著名的《外国建筑史19世纪以前》，已成为这一领域不可逾越的经典之作，我们很难想象在那个资料缺乏而又思想禁锢的时期，居然将一部外国建筑史写得如此炉火纯青，30年来外国建筑史资料大批出现，赴国外留学专攻的学者也不计其数，但人们似乎已无勇气再去试图接近它或进行重写。

我们可以认为，一部教材的编撰，基本上应具备诸如逻辑性、全面性、前瞻性、实验性等几个方面的要求。

逻辑性要求，包括内容的选择与编排具有叙述的合理性，条理清晰，秩序周密，大小概念之间的链接层次分明。虽然一些基本知识可以有多种不同的编排方法，然而不管哪种方法都应结构严谨、自成一体，都应生成一个独特的系统。最终使学习者能够建立起一种知识的网络关系，形成一种线性关系。

全面性要求，包括教材在进行相关理论阐释与知识介绍时，应体现全面性原则。固然教材可以有教师的个人观点，但就内容而言应将各种见解与解读方式，包括自己不同意的观点，包括当时正确而后来被历史证明是错误或过时的理论，都进行尽可能真实的罗列，并同时应考虑到种种理论形成的文化背景与时代语境。

前瞻性要求，包括教材的内容、论析案例、课题作业等都应具有一定的超前性，传授知识领域的前沿发展，而不是过多表述过时与滞后的经验。学生通过阅读与练习，可以使知识产生迁延性，掌握学习的方法，获得可持续发展的动力。同时一部教材发行后往往要使用若干年，虽然可以修订，但基本结构与内容已基本形成。因此，应预见到在若干年以内保持一定的先进性。

实验性要求，包括教材应具有某种不规定性，既成的经验、原理、规则应是一个开放的系统，是一个发展的过程，很多课题并没有确定的唯一解，应给学习者提供多种可能性实验的路径、多元化结果的可能性。问题、知识、方法可以显示出趣味性、戏剧性，能够激发学习者的探求欲望。它留给学习者思考的线索、探索的空间、尝试的可能及方法。

由合肥工业大学出版社出版的《高等院校应用型设计教育规划教材》，即是在当下对教材编写、出版、发行与应用情况，进行反思与总结而迈出的有力一步，它试图真正使教材成为教学之本，成为课程的本体的主导部分，从而在教材编写的新的起点上去推动艺术教育事业的发展。

邬烈炎

南京艺术学院设计学院院长　教授

目录

目　　录
CONTENTS

前言

　　许多毕业多年的艺术设计师在回忆大学里所学的课程时，都会不约而同地想起三大构成。这是教学之幸还是学生的悲哀？

　　构成是一种组合，是一种造型观念，把造型的视觉元素按照美的形式法则重新分解与组合，形成新的形态与组合方式，体现了一种创造性的行为。构成训练是一种创新的思维方式的训练、分析和实验，有助于我们提高想象力和创造性思维能力，开拓设计思路。构成基础课程很重要，但过分强调其教学，占用了大学生最有学习热情的一、二学年时间过长，也就适得其反了。

　　信息技术的应用与推广，现代科技手段的普及，促使艺术设计观念与学科专业不断更新拓展。数码构成设计作为运用现代媒介、高科技手段与现代设计语言进行设计创意的形式，已显示出巨大的发展潜力。数码技术以势不可挡的力量引发了艺术的思维模式、新设计模式、传播模式和欣赏模式的变革。数字化手段已经渗透到艺术设计的专业课甚至基础课中来了。

　　手工技能曾经是"工艺美术"专业教学的重点。尽管现在这种训练依然重要，但艺术设计的课程学习以及毕业生将来所从事的工作已越来越离不开电脑技能和数码化辅助表现手段了。单纯的画笔加颜料的手绘技法、垃圾堆里找创意的构成训练也显得越来越不合时宜。我们的艺术设计基础课的教学必然要迎接一次数字化的革命，让电脑解放我们的双手和大脑。

　　本书图文多来自教师们的教学体会和教学示范作品。部分插图选用的是学生作业案例，主要来自李洁、付万云、湛群、赵飞、张玮、冯玉婷、李哲等多位专业教师精心指导的学生课程练习。编辑过程中曾邀请张媛（上海农林职业技术学院）、谈丽娜（上海海事大学）、李志斌（新疆大学）、张琛（青岛科技大学）等同窗相助，在此一并感谢。

钱安明（苏州大学博士生）

孙哲（河北科技师范学院讲师）

郝振金（上海科学技术职业学院讲师）

尹雪峰（苏州大学硕士生）

叶苗（东华大学硕士生）

第一章　构成总论

▶ 学习目标：

初步了解构成的产生、平面构成、色彩构成、立体构成的相关概念以及三大构成的区别和联系。

▶ 学习重点：

构成教育的产生与发展。

▶ 学习难点：

三大构成的区别与联系。

图 1-1　自然之美

大自然中有着无数充满形式感的形态，非常的美丽。有的是显露的，有的是隐蔽的；有的体现在视觉上，有的体现在结构上；有的体现在色彩上，有的体现在肌理上。从这些形式的探索中，我们会发现很多很多类似的形式，并在这些形式之中得到十分丰富的感受，将形式从表象之中抽象出来，找到一些共同之处，进而利用这些理性的形式法则进行新的创造和设计，这就是构成。远古时代如此，今天的社会依然如此。

构成是一种造型概念，也是现代造型设计用语，是将几个单元（包括不同的形态、材料）重新组合成为一个新的单元，并赋予视觉感受上新的形态形象和视觉化的、力学的概念。它是以理解结构为主导去认识万千事物的，将自然形态和人工形态提炼成各种视觉要素，继而研究它们各自的特点和互相的联系，按照美的形式原则进行全方位的组合设计。

图 1-2 第三国际纪念碑

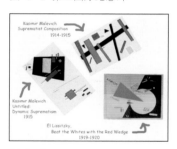

图 1-3

图 1-4 包豪斯学院

图 1-5

第一节 构成的产生

构成的观念从第一次世界大战就开始在理论和实践上有所活动。无论是在绘画还是设计中，构成都主张以抽象的形式来表现，而放弃传统的学院派（academicism）写实——这种观念经过俄国的构成主义（Constructivism），荷兰风格派（De Stijl）的新造型主义（Neo-Plasticism，法文为néo-plasticisme，源于荷兰文的nieuwe beelding），最后在德国的包豪斯（Bauhaus）得到完善、发展，逐步从新的思维方式、美学观念上建立起一个新的造型原则。

构成艺术是现代应用设计的基础，"构成"（Construction）一词即来源于"构成主义"。构成主义（Constructivism）是受立体主义和未来主义影响，于20世纪初在俄国开始的前卫艺术运动。构成主义是属于艺术范畴的东西，是一种艺术流派。而我们课程所学的构成，属于艺术和设计的应用技术学科，它既不是一种风格，也不是一种流派，而是一种基本的、科学的设计思维与创意表现方法。

1919年，沃尔特·格罗皮乌斯（Walter Gropius）在德国魏玛创立了世界上第一所现代设计学校——包豪斯。他所开创的现代设计风格、理念以及所构建的现代教育体系对现代艺术与设计的发展产生了巨大的影响。

包豪斯从现代工业批量化生产的实际需要出发，本着学以致用的原则，强调基本知识、规律与方法的实际应用。基础课程训练强调点、线、面、体、形、色和质感等视觉要素及其相互之间的关系，提出技术与艺术相统一的教学思想。其中有关构成的创新课程以其科学的创造性思维和抽象性的艺术表达，体现了现代设计教育的崭新理念和多向思维方法。

包豪斯的构成设计理论涉及几何学、力学、材料学、光学、心理学

图 1-6 Rodchenko 代表作品

等领域。经过几任专业教师的实践，构成基础成为20世纪设计的重要课程。他们强调"自然的分析与研究"、"体积与空间的关系"、"色彩与几何形态关系"等概念，要求学生掌握基本的设计原理，从个人艺术表现转到理性的新媒介的表现上。在他们的各项设计领域包括绘画中，构成的概念和作用都得以充分体现。包豪斯构成教学的一系列成果，可以从《论艺术的精神》、《新视觉》、《运动中的视觉》等著作中感受到。

最早把"构成"作为设计艺术教学专门课程的是瑞士艺术家约翰·伊顿（Johannes Itten）教授。他是画家和色彩学家。他的《设计与形态》和《色彩艺术》等著作开拓并促成构成教学占据包豪斯的主要地位。现代西方设计教学体系中的基础课程（从内容到教学方法），包括我国从日本引进的三大构成课程（平面构成、色彩构成、立体构成），都是从伊顿在20世纪20年代创立的基础课程上发展起来的，这也是包豪斯教学方法存留在现代设计教学中的一项重要成果。

现在，世界各地设计院校的基础教学体系仍根植于包豪斯的传统，构成艺术中的平面构成、色彩构成、立体构成及逐步发展形成的空间构成、光的构成、动的构成等内容，已成为各大院校的设计基础课。本书所述数码构成设计亦在此基础上发展而来。

图 1-7

图 1-8

图 1-9　　　　　图 1-10

▶ 第二节　三大构成

"构成"一词具有组合结构或建造的含义。艺术中的构成，是对既有形态，按照一定的秩序和法则进行分解、组合，从而构成理想形态的组合形式。构成艺术是现代视觉传达艺术的基础理论，主要包括平面构成、色彩构成、立体构成。

一、平面构成

平面构成是轮廓造型，是将基本形态按一定的规则在平面上进行组合设计，主要是运用点、线、面等视觉元素在二维的平面里，按照美的规律，以理性的和逻辑性的手法进行编排和组合的一种方法，具有多方面的实用特点和创造力特点。

构成作为造型概念，研究如何创造形象、形与形之间怎样组合以及形象排列的艺术与科学方法。在具体设计之前，应首先学会这些点、线、面的构成技巧和表现方法。进行设计时，可以将一切元素都看成点、线、面的关系，按其规律进行组合。如：画面中的点，通常能吸引人的视线，成为视线的集中处；点的延续形成线；以面的形式出现的视觉元素缩小了就成了点。

任何类型的设计都离不开这些元素的构成。不仅如此，点、线、面之间的构成，还可以使画面产生节奏、运动、进深、整齐等效果，在视觉上给人以不同感受。我们进行构成这种分解与组合关系的练习就是利用各种可能性，从不同的角度组合、排列，从而产生新的造型。

二、色彩构成

色彩构成是人类从色彩知觉和心理出发，用严谨的科学分析的方法，把纷繁复杂的色彩现象还原为最容易理解的基本要素，并利用色彩的量与质、空间上的可变幻性，按照一定的色彩规律去组合构成要素间

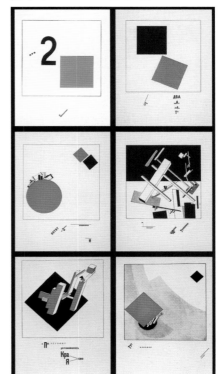

图 1-11

图 1-12

图 1-13

图 1-14 虚拟造型

图 1-15 设计与形态

的相互关系，创造出新的、理想的色彩效果。

色彩构成与艺术设计的关系非常密切，我们所看到的广告、包装、海报等，给我们的第一视觉印象其实就是色彩，其次才是图形、文字等具体内容。很多的设计作品都是通过颜色向观者传达主题与感情的。一个好的设计作品很大程度上也取决于色彩的运用。

除色彩的物理特性之外，人类由于生活经历、文化背景、风俗习惯、生理反应有所区别，对不同的颜色有着不同的感受。设计师首先必须认真分析研究色彩的各种因素，对色彩的象征、色彩的心理、色彩的冷暖做深入的了解，并在进行设计时处理好图形与色彩的搭配关系。

三、立体构成

立体构成是空间造型。它是以视觉为基础，以力学为依据，将造型要素按照一定的构成原则组合成的三维形态。该门课程主要研究立体造型各元素的构成法则，目的在于培养学生对造型的感觉能力、想象能力和技术表现能力。

立体构成本身就是对造型和空间的探索。所以，在设计中如果能将空间概念体现在其中，就可以给二维的平面作品增添无限的空间感和视觉冲击力；同时包装设计、展示设计、POP设计都需要二维与三维相结合的设计。对于立体构成的理解不应停留在"实体造型"上，虚拟技术的造型也逐渐成为立体构成研究的重点。

四、超越三大构成

三大构成密不可分，在现实生活中它们无处不在。平面构成、色彩构成、立体构成，三个构成在具体使用时，既可独立操作，又能交叉运用。平面构成是色彩构成、立体构成的基础。色彩构成与平面构成是相互关联的关系，是前后阶段的关系。它是在平面构成的基础上表现出来的。色彩必然与平面构成相结合——平面布置配上适当的色彩，就是一幅完美的作品。立体构成是平面构成与色彩构成的综合并加上了第三个维度关系。它以平面为基础，再通过色彩、材质表现出来。

构成艺术是机器时代的产物，构成理论逐渐成为符合我们这个时代需要的设计理论和新的造型原则。它是研究视觉语言及其构成规律的学科，是具有各类设计的某种共性的设计语言。许多艺术家和设计家，如格罗皮乌斯、伊顿、康定斯基、蒙德里安等都为这个时代创造了崭新的视觉语言。新的视觉语言不断与科学、美学、心理学、数学、材料学、工艺学、人体工程学、电脑等自然科学和社会科学发生广泛的联系，产生了一个又一个交叉应用新学科。

"三大构成"与艺术设计的关系非常密切。"三大构成"作为设计专业的基础课程，重在培养学生的形象思维能力和设计创造能力。设计中元素之间的调用、色彩上的运用、空间上的表现等都离不开三大构成的范围。科学技术为艺术的发展注入了新的生命，也使满腔热情的设计师们成为新的探索者。数码构成设计旨在借助高科技数字手段研究怎样发现美，形成美的新境界。

作业：

1. 通过收集相关资料，课堂讨论三大构成的形成与发展。
2. 整理优秀的三大构成作品并相互交流。

图 1-16 彩条围合空间

图 1-17 数码空间构成练习 钱安明

图 2-1 线 红纸伞

第二章 构成基础

▶ 学习目标:
了解构成形态的基本要素,形态构成所需的各种材料,掌握构成的形式美法则及其运用。

▶ 学习重点:
构成的形式美法则的理解与运用。

▶ 学习难点:
不同材料在构成设计中的运用。

图 2-2

　　本章主要引导学生在日常生活中去发现和寻找点、线、面,从中体会它们的魅力。感悟不同的点、线、面组合体现不同的情感特征。学习如何运用抽象美、单纯美、秩序美等形式法则获得成功的实例,拓展学生的艺术视野,开拓创作的思路。目的在于使学生认识点、线、面的基本规律,熟练掌握这一设计语言,并能合理运用,制作出构思独特、画面优美的作品。

　　实践练习要求手工绘制和多媒体辅助制作手段相结合,采用不同工具与材料收集方法。数字化影像的采集要注重从不同的视角(俯视、仰视、侧视)对物体进行拍摄。观察方法需兼具宏观、微观。同时,要选择不同肌理效果的物体作为研究对象。

第一节 点、线、面、体

点、线、面、体是构成形象最基本的形态要素。对其视觉特点、构成方法、功能的理解对构成的创造和设计非常重要。点、线、面、体不仅是一切造型艺术中最基本的要素，也是研究视觉特性的起点。

自然界的景物姿态各异、变化万千，自然界的秩序严密、神奇，充满着不解之谜，常令人惊叹、惊喜。"师法自然"注定是科学与艺术永恒的课题。世界上的一切物象皆有其轮廓，所有轮廓都可以由点、线、面、体和色彩等要素交织而成。点、线、面、体的表现力极强，既可以表现抽象，也可以表现具体。点、线、面、体通常也被称为"构成四要素"。

一、点

在造型设计中，点简洁却有着强大的生命力，是造型的原生要素。点可以是任意形状的，角形、圆形、方形、不规则形、偶发形等均可表示为点。一个

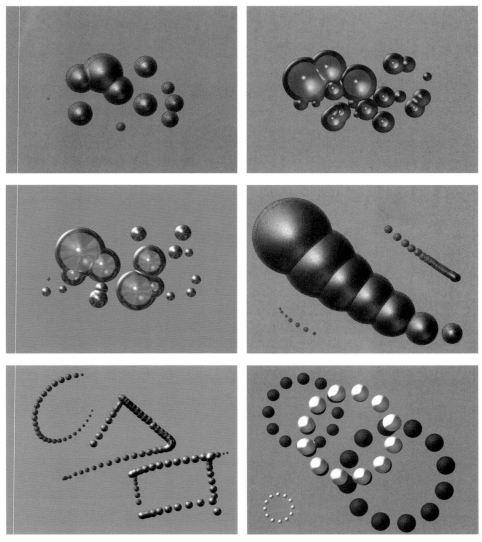

图 2-3 基本点构成

点的面积虽小，却能吸引人的注意力，对人的精神产生巨大的影响。当一个点出现在画面上时，人的视线会集中到这个点上，并由此产生各种联想。

　　点一般用来表示相对的空间位置，它没有指向性和具体的尺度。点是一个相对的概念，是点元素与周围环境进行对比后的视觉感知。在现实生活中，点的形态包括体积小而分散的事物，如芝麻、沙粒等；远距离的、大空间对比事物，如星座、远处的灯火、远帆、地图上的城市等；处于交叉位置的，如线的交点、面的交点；符号的一种，如逗号、引号、盲文、音符等。

　　视觉上的点的感觉是相对的。例如，我们看到尖角的图形，会感到上面有点。但是如果点不具有形，就无法做出视觉上的展现。从点与形的关系讲，圆形最具有点的特性，即使比较大，仍会给人以点的感觉。就大小而言，越小的形体越能给人以点的感觉。所以，从视觉上讲点具有大小的特性，具有面积和形状。

图 2-4 点的拓展练习

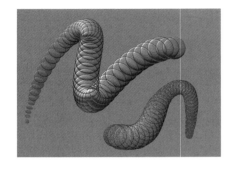

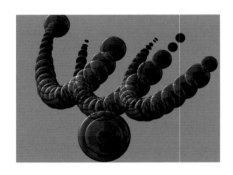

在平面构成的学习中，将大小一致的点按一定的方向进行有规律的排列，给人的视觉留下一种由点的移动而产生线化的感觉；由大到小的点按一定的轨迹、方向进行变化，产生一种优美的韵律感；将点以大小不同的形式，既密集、又分散地进行有目的的排列，产生点的面化感觉。

点是引人注目的位置，是视觉的焦点。它作为一种视觉元素，其意义较为丰富。在自然形态和人为形态中，点具有可视特征，一般是把物象进行浓缩或简化而成的。在构图布局中，点具有很强的调节和修饰作用。

当画面只有一个点时，点常常容易成为视觉中心吸引人的视线，从背景中跃出，与画面周围空间发生作用。点居于画面中心位置时，与画面的空间关系显得很和谐，而居于画面边缘时就改变了画面的静态平衡关系，形成了紧张感而造成动势。如果画面有另一个点产生便形成两点之间的视觉张力，人的视线就会在两点之间来回流动，形成一种新的视觉关系，而使点与背景的关系退居第二位。当两个点有大小区别时，视线就会从大到小的点流动，潜藏着明显的运动趋势，具备了时间的因素。推而言之，画面中有三个点时，视线就在这三个点之间流动，令人产生三角形面的感觉。众多点的聚散，引起能量和张力的多样化，这种复杂性常常给画面带来生动的情趣。点的表现方式有等间隔、规律间隔、不规律间隔、点的线化、点的面化等。

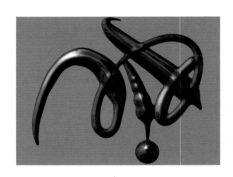

两个大小相同的点，放在一个平面内，两个点会相互吸引，由于张力的作用会产生线和形的感觉；大小不同的两个点，放在一个平面内，大的点吸引小的点，人的视觉将会从大到小移动；点的单向排列集聚可以产生线的感觉，点的二维平面双向聚集会产生面的感觉；点的线化

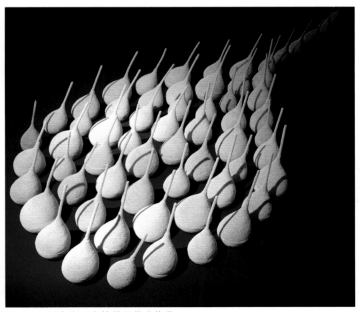

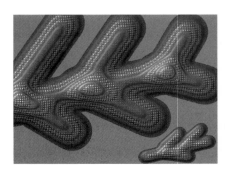

图 2-5 数码软件绘制的点构成作品

图 2-6 以点为元素的装置艺术作品

和面化过程中大小、疏密、方向的变化会使线条和面产生运动感、跳跃感、韵律感、空间感的变化，收到自由、活泼、灵动的效果。

同一个点元素，在同一个空间中所处的位置不同，会给人不同的视觉感受：当点处于中心位置时，画面最稳定，视线向中心靠拢；对于中心位置的偏移，就意味着重心的失衡，偏移得越多重心就失去得越多。当点处于空间的高位，会产生不稳定感，它的重力要大大地超出其他的力；当点处于空间的低位，重力问题便让位于动势，并呈现一种不确定的运动方向。在一个正方形平面上，一个黑圆点放在平面正中，给人的感觉是稳定、平静。如果这个圆点向上移动就会产生力学下落的感觉。点的位置移动到左上角或右上角，都会产生动感和强烈的不安定的感觉；反之，将点移到正方形的中部以下，则给人非常平稳安定的感觉。

二、线

线从理论上讲，是点的发展和延伸。我们生活在一个无时不存在线的世界里。线，是最单纯而又概括的构形方法之一。在点、线、面中，线是最有表情和表现力的。中国画中主要就采用线来造型。线的艺术是中国艺术的主干。当我们品味中国书画艺术时，会真切地感受到艺术家在线条上匠心独运的创造：浓淡、轻重、虚实、转折、顿挫；同时，还体会到一种流动的、富有生命力的线条美和形态美。线是以长短、粗细、疏密、方向、肌理、形状、线形的不同组合来创造线的形象，表现不同线的个性，反映不同的心理效应。

线总体上可分为直线和曲线两大系列，他们都有着极为丰富的形态和组成变化。通过不同的工具和材料所绘制的线能够生动形象地体现力

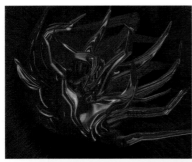
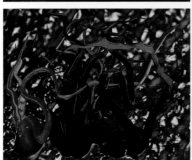

图 2-7 线

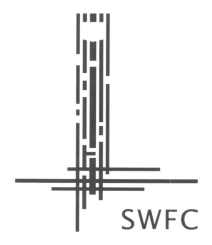

图 2-8 上海环球金融中心的标志设计以直线构成

图 2-9 自然中的线与面构成

图 2-10 生活中的线

量和情感的变化。几何学上线的定义是指一点任意移动所构成的图形，有直线和曲线两种。直线类包括垂直线、水平线、斜线和曲折线。曲线分为几何曲线和自由曲线。

线条的美学特征：

（1）直线的基本属性为简洁明确，有力度、强度、规范、工业感和速度感。

（2）垂直线和水平线给人以稳定的感觉，具有牢固、平静、沉着大方的特性，在物体形态中通常起到规范、稳定和调和的作用。

（3）斜线给人以不稳定的感觉。它在画面中的变化因素，常常起到激活物体造型的作用，使造型充满活力。

（4）折线的方向变化丰富，易形成空间感。

（5）几何曲线有曲线的一般特征，即有速度、弹力、紧张度感，体现规则美，还具有直线的简单、明快的性质，规律性强。几何曲线有圆、圆弧、抛物线等样式，有明确、清晰、易于制作和识别的特性。

（6）自由曲线富有自由、随意、柔美的特征。自由曲线的独特性主要体现在它的韵律、弹性和自由的伸展性。在变化方面，自由曲线要比几何曲线更随意、更复杂。

一般说来，直线总是具有明快、简洁、力量、速度、坚强、稳定、冷酷、强硬和明显方向性等特质；相对而言，曲线的基本属性是柔和，有变化性、虚幻性、流动感和丰富性，具有丰满、感性、轻快、优雅、流动、柔和、跳跃、节奏、多变、自由、委婉的特质，线的长度、方向、位置、粗细、虚实等变化，能为造型设计提供无穷无尽的变化。

线条的功能类型：

（1）作为描绘客观对象的形状的线条，一般称之为轮廓线。

（2）作为强调艺术家对事物形态的主观感受的线条，称之为表现性的线条。

（3）具有构图功能的线条，称之为结构线。

（4）抽象的线条。它不表现生活中具体的事物，却能表现生活中事物的某种状态。

线对客观物形是一种高度概括，是有选择的、简洁的物形展现。它舍去自然物形中非重要和琐碎的形状，显现能够代表物形本质特征的形状。线游离于点与面之间，具有位置、长度、宽度、方向、形状和性格。从形态的实在性与本质上看，线条的显著特征与点相比显得细而长。将线进行粗细变化，会形成虚实空间的视觉效果；将线等距的密集排列就会形成面的感觉。

在大自然和人造物中，线有着丰富的状态。线可以是物体的轮廓、边界，也可以是持续的或带有方向的力的视觉反映。自然界变化万千的景物，负载着各式各样线的形态。花卉、灌木、枝条、建筑等有机或无机、自然或人工的形态，无不以各自特有的结构和组合切割着空间，赋予空间某种情绪和氛围。

三、面

面在平面构成设计中属另一种重要的造型要素，概念上看是线移动的轨迹，有长有宽，没有厚度。面是相对于点而存在的面积较大的形态要素。在视觉上面要比点、线更实在，具有鲜明的个性特征。在视觉艺术中，面是一个形的概念，给人最重要的感觉是由于面积而形成的视觉上的充实感，在两度空间中有着比点与线更强烈的表现力。面可以运用分割、组合、虚实交替等手法来增强画面的整体效果。

根据构成方式，面大致可分为几何形、有机形、不规则形和偶然形。

几何形有方形、三角形、圆形三种基本形态，明快、理性、秩序；所有有生命的物体的形象就是有机形，有生命感觉的形象叫抽象有机形，自然、舒畅、和谐、淳朴；不规则形的面由直线和自由弧线随意构成；偶然形的面是由于特殊的技法意外得到的，例如泼洒、滴溅、敲打等，富于个性、随意、新颖的特征。

在视觉上，彩色面以色诱人，黑白面以形夺人。自由舒展的面，适合自然、轻松的氛围；边缘模糊的面，适合神秘、柔和的氛围；边缘清晰、抽象的面，适合表现清晰的思维和概念化的对象；破裂、不完整的面，表现破碎、伤痛的感觉。

将很多形象清晰、类似的面聚集在一起，非常容易体现热闹丰富的气氛。半透明的面，纯净、轻盈、易融合。

面的形状有无限多种，通常分为直线形面、曲线形面和偶然形。直线形面又分为几何直线形和自由直线形。曲线形面也分为几何曲线形和自由曲线形两种类型。偶然形是应用特殊技法或材料，依偶然的效果而意外获得的天然成趣的形态。偶然形是难以预料的形，与几何形相反，是无法重复的不定形。

面由线构成，具有二维空间属性。既可以说面是由点密集而成，也可以说面是线平移的结果。它综合了点和线的特性。

直线形面具有明快、简洁、有序和理性的特征，容易被人理解和记忆，制作起来较为方便。

曲线形面比直线形面要复杂，并富于变化和动感。它所表现出来的

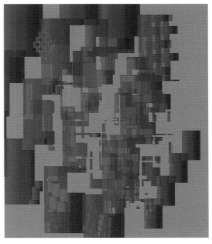

图 2-11 抽象方形面

图 2-12 自由点形面

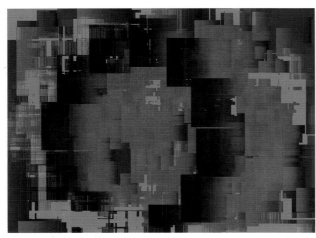

图 2-13 面

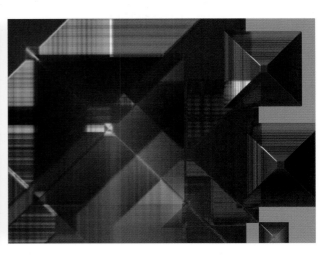

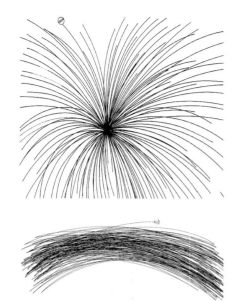

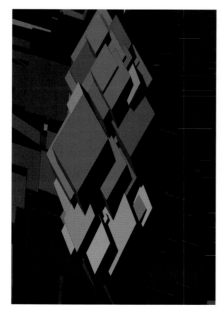

图 2-14 一组以曲线构成的设计作品

流动性和弹性给人以无限想象，使人感到有种生命活力。

偶然形面表现出来的是一种自然的、无序的形态，有着丰富的象征意义。

面具有较强的视觉性，不同形状的面给人以不同的视觉感受。一般来说，带棱角的面，如方形和三角形给人以硬朗、尖锐、有原则、规范、工业感、冷漠、不妥协的印象；不带棱角的面，如圆形、弧形给人圆滑、和气、温顺、饱满、成熟、人性化等感觉。不规则的面极具变化性，使人产生十分丰富的视觉感受。

四、体

实际上，任何形态都是一个体。体在造型学上有三个基本形：球体、立方体和圆锥体。而根据构成的形态又可分为半立体、点立体、线立体、面立体和块立体等几个主要的类型。半立体是以平面为基础，将其部分空间立体化，如浮雕；点立体即是以点的形态产生空间视觉凝聚力的形体，如灯泡、气球、珠子等；线立体是以线的形态产生空间长度的形体，如铁丝、竹签等；面立体是以平面形态在空间构成产生的形体，如镜子、书本等；块立体是以三维度的有重量、体积的形态在空间构成完全封闭的立体，如石块、建筑物等。

半立体具有凹凸层次感和各种变化的光影效果；点立体具有玲珑活泼、凝聚视觉的效果；线立体具有穿透性、富有深度的效果，通过直线，曲线以及线的软硬可产生或虚或实、或开或闭的效果；块立体则有厚实、浑重的效果。

◤ 第二节　形态与空间

构成的要素分为三方面：一是构成形态的基本要素，如点、线、

图 2-15 体　　　　　　　　图 2-16 体

面、体、空间等；二是制作形态的材料，如木材、石材、金属等；三是材料构成过程中的形式要素，如平衡、对称、对比、调和、韵律、意境等。

立体构成中形态与形状有着本质的区别。平面造型中我们称平面的形为形状，这个形状是物象的外轮廓。在立体造型中形状是指立体物在某一距离、角度、环境条件下所呈现的外貌，而形态是指立体物的整个外貌。即物体中的某个形状仅是形态的无数面向中的一个面向的外轮廓，而形态是由无数个角度、体面形成的形状所构成的一个完整的概念体。形态是立体造型全方位的印象，是形与神的统一。

一、形态

生活中的各种三维的"形态"，从文具、餐具等小型器物到建筑室内较大的"立体形态"以及庭院、都市等大规模的"三维形态"，都是通过具有实用的功能和用途来设计的"形态"。还有不具使用目的的，将形态作为鉴赏对象的纯艺术造型，如雕塑。

构成艺术首要的问题是对形态的研究，根据其来源，可以分为自然形态和人工形态。

1. 自然形态

自然形态指在自然法则下形成的各种不以人的意志而存在的一切可视或可触摸的形态。如树木、山石、行云、流水等等。

自然形态包括有机与无机两种具体的形态。"自然有机形态"指接受自然法则支配或适应自然法则而生存的形态，简单说是富有生长机能的形态，给人舒畅、和谐、自然、古朴的感觉；"自然无机形态"指原来就存在于世界，但不继续生长、演进的形态。奇妙的自然有机形态，提供了人类进行造型的主要依据，有机形的塑造也就成了立体构成中的重要部分。

2. 人工形态

人工形态指人类有意识地从事视觉要素之间的组合或构成活动所产生的形态。它是人类有意识、有目的的活动创造的结果。其中如建筑、汽车、轮船等是从实用的功能来设计其形态的，而雕塑则是一种将形态本身作为欣赏对象的纯艺术形态。这就使人工形态根据其使用目的的不同，有了不同的要求。

人工形态根据面貌即外形可分为具象形态与抽象形态。

（1）具象形态是以模仿客观事物而显示其客观形象及意义的形态。由于形态与存在的实际形态相似，称之为"具象形态"。按造型手法与表现风格的不同分为写实具象形态和变形的具象形态。写实具象形态是指以完全忠实的表现的态度描写客观事物的真实面貌。变形的具象形态是指运用夸张、简洁或规则化的手法，表现客观事物在主观感觉中的特殊表象，但仍需维持客观辨认的真实面貌效果。

（2）抽象形态是不具有客观意义的形态，是以纯粹的几何观念提升客观意义的形态，使人无法辨认原始的形象及意义，如正方体、球体以及由此衍生的具有单纯特点的形体。

形态要素是构成形态的基本要素，是存在于环境中的任何有

图 2-17 矛盾空间

图 2-18 上海世博会意大利国家馆的设计方案 灵感来源于游戏棒

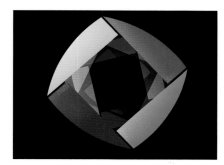

图 2-19

图 2-20

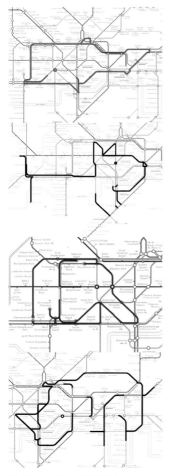

图 2-21 地铁线路艺术

形态的现象，有形、色、肌理以及空间等，其中形又包括点、线、面、体的构成。

二、空间

空间是由点、线、面、体占据或围合而成的三度虚体，具有形状、大小、材料等视觉要素，以及位置、方向、重心等关系要素。空间的效果直接受限定空间的方式影响，如在建筑中，主要是由墙面、地面、屋顶所限制。

空间是人活动的场所，活动是人最初占有空间的真正目的。闭合与开敞是空间的正负反映，是人类生活的私密与公共性的需要。空间的闭合程度影响着人们的心理空间，全封闭的空间给人以明确的领地感，私密、安全、隔离感，尤其是当人处于面积较小的全封闭空间时这种作用力更为明显；部分开敞的空间更具有方向性、明暗与光影变化，以及与外界的联系，从而减少了空间限定的压力，使空间感有所扩大；全开敞的空间更减少了限定空间的面之间的作用而与四周物体发生了明显的力的作用，形成更为强烈的连续感和融合感。

深度是空间的本质。人在环境中随时都具有处于不同深度的空间感知。空间的深度感可表现为多种形式：透视的消失现象所表现出的渐变的形的关系，如路灯、电线杆等远近透视；重叠也是空间深度的一种表现，反映出前后、远近空间形体的位置关系，如山脉的层次感；材质肌理的远近尺度不同对深度感知也具有作用，如园林中有限空间里的丰富意境，正是运用了草、石、砖、瓦等不同材质，以及人工与自然的手段而创造出来的。

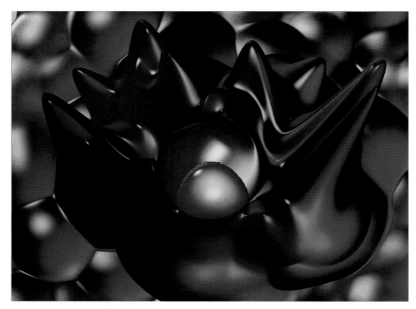

图 2-22 数码自由形态创作

第三节　材料要素

在三维立体造型中，材料（Material）是立体构成的物质基础。离开了物质材料，立体构成的创造性思维就难以在现实中实现。立体造型要依赖于物质材料来表现，物质材料的性能直接限制了立体构成的形态塑造；同时，物质材料的视觉功能和触觉功能是艺术表达中重要的组成部分，它赋予了材料肌理不同的心理效应，比如粗糙与细腻，冰冷与温暖，柔软与坚硬，干燥与湿润，轻快与笨重，鲜活与老化等。

材料的构成可唤起时代的联想，如石器时代、青铜器时代、钢铁时代、塑料时代与合金时代。随着科学技术的发展，新的材料还在不断出现。丰富的材料也带来了丰富的信息，使材料的构成具有造型的生命力。既可在构思计划后去寻找符合需求的材料，也可先有材料，再依据材料进行造型——对现成品的改造和废品材料的使用上常用此法。

一、常用材料

材料的分类大致有几种，如：按材质可分为木材、石材、金属、塑料等；按自然材料和人工材料可分为泥土、石块等自然材料和毛线、玻璃等人工材料；按物理性能可分为塑性材料（水泥）、弹性材料（钢

图 2-23 对于不同材料特性的把握有赖于平时的收集与系统整理

图 2-24 不同材料在构成中的运用　安徽农业大学　学生构成作业

丝）等；从物体形态的角度出发，可把材料分成点材、线材、面材、块
材等。

1. 纸类材料

纸是最方便、最基本的材料，它具有优异的定形性和可塑性，价格
便宜，工艺简单，是学习构成的理想材料。用纸材料做平面和立体造型
加工方便、简捷，通常的加工方法有：

折叠：包括直线折叠、折线折叠、曲线折叠。折叠前最好用刀背刻
画折叠线，易于折叠。

弯曲：包括扭曲、卷曲、螺旋曲。

切割：分为直线切割、曲线切割、挖切。切割工具主要是美工刀、

图 2-25 纸材料构成练习

剪刀等。

接合：有插接、编接、黏接。黏接材料主要是双面胶、乳白胶等。

2. 泡塑材料

泡沫块是立体构成练习中最方便的材料。

3. 布绳材料

各种布绳材料都是软性材质，可以构成千变万化的"软雕塑"造型。表现手段有折叠、镂空、包缠、剪切、抽纱、编织、系结、缠绕等。通过这些不同的手段，可以表现出半立体浮雕感和三维立体的装饰造型。

4. 竹木材料

如果说纸、布是人工的造型材料，那么竹、木、藤则是天然的造型材料。其优点是加工容易，质量轻，既有硬性，也有柔性，拉伸强度大，外表美观。木材是比较容易加工的材料，常用的加工方法有锯割、刨削接合、弯曲和雕刻等。

竹、木是有机体，会扭曲胀裂、变形，因此加工时要注意适应材料特性，并可以上蜡或油漆以防腐。新型竹集材则克服了其天然缺陷，可不受限制自由造型。

5. 泥石材料

在构成练习中，可使用较为方便的一些泥石材料，如雕塑泥土、水泥、石膏粉、滑石粉，还有砖、瓦、沙、石等材料。这些材料除了本身可加工成型之外，还可以与其他材料混合使用，使构成的造型充分体现出综合材料的表现力。

6. 金属材料

金属造型的形式变化丰富，也精致美观，这是因为金属有光泽、有磁性、有韧性、有较强的视觉感。金属的种类很多，但一般在立体构成与雕塑的联系中常以钢、铁、铜、铝、铅为主。金属材料的成型是线、棒、条、管、板、片等形状。

由于教室场地狭窄，作品尺寸一般不宜过大，追求的是小巧精致，如同雕塑小样。另外加工的工艺由于条件设备所限可通过切割、弯曲、扭转等手法创造出设计者所需的理想形态。采用缠绕、编织等技法，可创造出具有柔软、纤细风格的艺术造型。此外，金属材料虽坚硬，比纸材加工难度大，但也有自身的优势，如可通过高温加热使金属熔化，再运用模具成型法可铸造出各种形态。

7. 废旧材料

废旧材料指现代工业中的各种垃圾，如：包装盒袋、各种瓶罐、竹、木、布、绳、碎玻璃、塑料的边角料及废五金材料、废机器零件等等。除此之外，还指各种废弃的轻工业产品、生活用品和现成品。这些垃圾是立体构成、雕塑装置中不可或缺的基材，并成就了后现代艺术里经典的"垃圾文化"。

二、材料构成

不同的材料有不同的制作方法。同时，材料又决定了立体构成的形态、肌理等视觉效果。将各种材料按线、面、块分类，然后进行加工制

图 2-26 sphere韵律

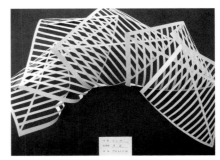

图 2-27 安徽农业大学 学生纸构成作业

图 4-28 以点、线、面对比构成的综合材料纤维艺术作品

作。其造型手段大致有以下几种：

1. 破坏与解构

破坏与解构是对原型原材料的初加工，也称"减法创造"。这是人的有意识行为，形成一种特殊效果，给人的视觉新刺激。

2. 组合与重建

将简单形体或是破坏、拆散后的材料重新连接组合，创造一个新的整体造型。这种手段也称"加法创造"。

3. 变形与扭曲

将规则的实体造型或原材料进行异化变形处理，使单调冷漠的形态变成复杂生动的形态，使平面形态变为曲面形态、凹凸面的形态，使立体造型更为丰富。

三、材料特性

1. 材料的形态方面

点材构成具有活泼、跳跃的感觉。线材构成具有长度和方向，在空间能产生轻盈、锐利和运动感。线材与线材之间的空隙所产生的空间虚实对比关系，可以造成空间的节奏感和流动感，给人以轻快、通透、紧张的感觉。面材的表面有扩展感、充实感，侧面有轻快感和空间感。块材是具有长、宽、高三维空间的实体，能表现出很强的量感，给人以厚重、稳定的感觉。

同一材料的不同形态的表现会产生风格迥异的效果，线材表现轻巧空灵，块材表现厚重有力，面材表现单纯舒展，我们可以从设计的目的出发，正确选择材料的形态。另外，点、线、面和体之间的关系是相对的，当超过一定的限度，就会改变原有的形态。如，点材朝一个方向的延续排列便形成线材，线材平行排列可形成面材，面材超过一定厚度又形成块材，块材向一定方向延续又变成线材。因此，在立体构成设计中要把握形态变化的尺度，以表现设计的形态构成。

2. 材料的质地、肌理方面

不同的材料会产生不同的视觉效果和心理感受，即使同一形态，采用不同的材料也会产生不同的效果和感受。如，同是面材，金属板使人感觉冰冷、坚硬，玻璃板使人觉得透明、易碎，木板让人感到温暖、舒适，塑料板让人感到柔韧、时髦。表面光洁而细腻的肌理让人觉得华丽；表面平滑而无光的肌理给人以含蓄、安宁的感觉；粗糙而有光的肌理让人感觉既沉重又生动；表面粗糙而无光的肌理，让人感觉厚重。

物质材料不仅决定了立体构成的形态、色彩、肌理等心理效应，还直接影响着立体造型的物理强度、加工工艺和加工方法等物理效能。不同材料的物理特性——软与硬、干与湿、疏与密，以及透明与否、可塑与否、传热与否、有弹性与否等都会直接影响和限制构成的制作、加工与造型。

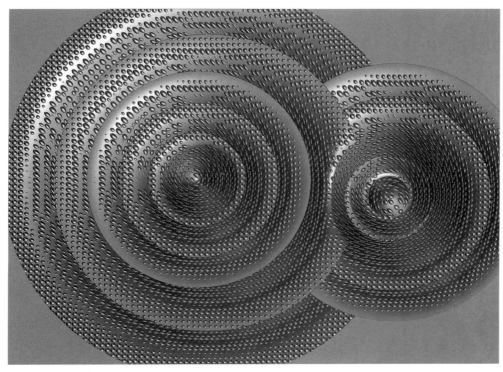

图 2-29 统一与变化

图 2-30 质感与形态

第四节　构成原则

艺术美包括内容美与形式美两个方面。内容美表现生活的真善美和自然的生命之美。形式美则主要触及人们的感受器官和一部分心理反应，它是以内容为物质基础的，如帆船的桅杆、工厂的烟囱、高楼大厦的结构轮廓都是高耸的垂直线，因而垂直线在艺术形式上给人上升、高耸等感受；而水平线则使人联想到地平线、平原、大海等，因而产生开阔、平静、徐缓等形式感。

艺术品皆遵循形式美法则。离开了形式美，艺术品就会失去魅力，不能起到感染人的作用。平面构成、色彩构成、立体构成以及综合构成均遵循美学的形式美法则——构成美的一些形式规律或技巧，如节奏与韵律、夸张与变形、重复与层次等。

一、统一和变化

统一和变化是同一事物矛盾的两个方面。

1. 统一

统一就是和谐，是指由性质不同或类似的形态要素并置在一起，造成一致或具有一致趋势的感觉，在差异中求取一致性和共通性。统一并不是只求形态的简单化，而是使各种多样变化或强烈对立的因素趋向缓和，具有条理性和规律性，达到整体统一的艺术效果。这种融洽、相安的和谐性，是构成设计统一性的形式美。缺少统一因素，设计势必陷入杂乱、分离的状态。

和谐的感觉与自然的和谐规律相统一，它是一个合理的自然的运作规律。艺术设计者正是提取了自然和谐形成的要素，运用点、线、面、体组织成各种形式法则来实现设计意图的。因此，和谐之美不仅符合客观规律，而且可以被用来创造我们心目中的美。

公元前6世纪，由古希腊哲学家、数学家毕达哥拉斯所创立的毕达哥拉斯学派，总结出形成这种和谐状态的比例，即"黄金律"，其比值为1:1.618，也称"黄金分割"。在欧洲最典型的有希腊雅典的巴特农神庙和法国的巴黎圣母院，其建筑整体与局部都符合此律。自古希腊一直到今天，这个比例充分显示了它在造型艺术中的价值。

2. 变化

变化是统一的对立面，是指由性质相异的形态要素并置在一起所形成的对比感觉。没有变化很呆板，但这种变化是以一定规律为基础的，无规律的变化则会带来混乱和无序。在设计构图中，要注意在统一中找变化，在变化中求统一，这是一条形式美的总规律。

二、节奏和韵律

没有节奏和韵律的艺术创作，给人的感觉是僵化的、静止的、无生命力的。在艺术设计构成中，各视觉因素持续的、有秩序的、重复的律动形式都是通过节奏特征来感知其内在联系的。节奏在构成设计上是指同一要素连续重复时所产生的运动感。

1. 节奏

节奏普遍存在于客观世界中。生命活动最独特的原则是节奏性，所有的生命都是有节奏的。呼吸、心跳是生理节奏最完整的体现。设计中常以点、线、面、体作有条理、有规律、有反复的变化和配列。不同的配列组合物象的相间、相重、递增、递减等运动形式都能产生不同的节奏。节奏能给人一种平稳、肯定、持久、明快和极有规律的心理感觉。在视觉艺术中，通过形态、色彩在空间中虚实、强弱的交替节奏，可以构成空间关系中共性特征最强的平衡秩序和呼应关系。

2. 韵律

韵律中的"韵"侧重于变化，而"律"则偏重于统一，所以在形式美的表现方面，变化和统一与节奏和韵律是相互关联、相互体现的。

韵律在视觉艺术中是一种既独立于客观又独立于主观，能够超越具象或抽象形态外部表象的一种知觉特征。

连续之美体现出的是节奏与韵律的和谐组合。在图形设计中，对节奏和韵律的表现，是以构图条理中的反复、黑白、大小、虚实、强弱、主次等关系来体现出的，是统一中的变化，变化中的延续，延续中的重复与回归，回归中的再次统一和变异。这种变化，其根本因素还是源于对称。古今中外人类的艺术创造无不体现着这种变化来的连续之美，它构成了我们的设计世界。如新石器时期的彩陶，商周的青铜器，汉画像石，古代建筑、家具、石窟装饰等，无不体现着这种形成规律。

三、对称和平衡

1. 对称

对称即均齐，是形式美法则的核心。对称是以静感为主导的平衡，指以对称轴线为表现，中心线两侧的形态呈现出同形、同量的，完全对应重合的"镜像反映"。自然界中的许多形态是对称的，如树叶、动物、羽毛等。人类自身及周围物象所具有的对称性培养了对称性对于人类的美感。

对称的形态在视觉上有自然、安定、均匀、协调、整齐、典雅、庄重、完美的朴素美感，符合人们的视觉习惯。在艺术设计中，对称这个概念则是从形式美法则

图 2-31 平衡

图 2-32 非绝对对称

中归纳出来的。其他形式美法则均是与对称相联系的。

对称的规律是构成几何形图案的基本因素，其他形式美规律则是它的复合、交叉和变异。对称有以下几种形式：

完全对称，即"均齐对称"，是完全同形、同量、同结构的形式，如建筑物的外廊立柱，中国传统客厅中堂的布置，以及衣、食、住、行中的若干对称均衡的因素等。完全对称能使视觉效果稳定，产生庄重、沉静等审美体验。这是一种最原始的构成要素，处理不当，易产生死板、单调、无生机之感。

近似对称，即不完全同形、同量，局部结构稍有变化的对称图形，如传统的对联、门神、门前石狮等。门联的内容左右不同，门神的形象文武相别，石狮又分雌雄等。这种局部有差异的对称，均衡统一中的小小变化，能从稳定的均齐中感受到丰富的变化。

反转对称，虽同形、同量，但方向相反，典型的如太极图。这种对称对比强烈，有静中含动之势，富有张力。

2. 平衡

平衡也称均衡，以动感为主导，在运动变化中以不对称为形态特点。平衡是对称在结构形式上的发展，即由形的对称转化为力的对称。平衡构图给人们的感觉是舒适、平稳、可靠、信任；不平衡的构图则给以危机感和不信任感，整体画面显出一种极力想改变现有的位置或形态以达到一种新平衡状态的趋势。

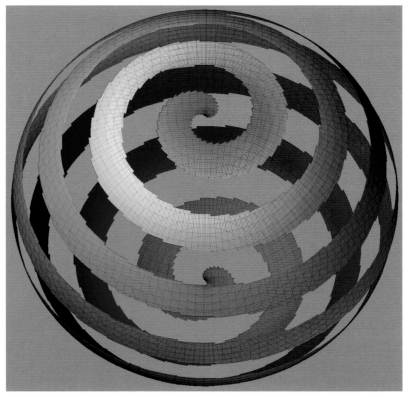

图 2-33 sphere 节奏

平衡是人的生理和心理的需求，是客观世界的本质规律在艺术中的反映。在造型设计中，平衡不是指实际的形象、色彩的均等构成，而是指形态运用的大小、多少，色彩分量的浓淡、冷暖，空间的虚实，以及疏密的分布与安排，使之具有平衡的感觉。平衡是一种内在美的秩序和平衡，在知觉特点上以动为主，动中有静；在具体形态特征上，还具有多样性、自由性、感性和抒情性等特点，富有趣味和变化，给人灵巧、生动、活泼、轻快的感觉。在设计表现中，非对称平衡格式是一种比较自由的形式。

四、对比和调和

对比是矛盾与差异的呈现，指由两个以上性质相异的形态、色彩等要素并置在一起所造成的显著不同的感觉。对比就是有变化，变化使客观世界呈现多姿多彩的形式。在视觉艺术构成中的变化，就是依据客观规律，有意识地反映和表现事物存在的多样性、矛盾性，有目的地构成形态关系的多元性、多层性，使再造的形态丰富而具美感，有助于提高人们的视觉兴趣，提高对事物之间差异的敏感性。多样的矛盾与差异，必然派生多种的对比变化。对形、色、方向、位置等加以改变，都可以构成对比，如：方圆、大小、宽窄在一起能产生形状的对比；浓淡、明暗、冷暖在一起能产生色彩的对比；高低、长短、疏密、曲直能产生排列上的对比等等。运用其变化规律，能丰富设计形式，增强艺术感染力。

调和就是统一，与对比相辅相成，如黑与白的对比调和。

五、抽象与具象

构成作为一种视觉语言，打破了传统美术的具象描写手法，主要从抽象形态人手，培养学生对形的敏感性和创造性的认识。同时，对抽象形态的探索也

图 2-34 太空中星云与星星的动态平衡

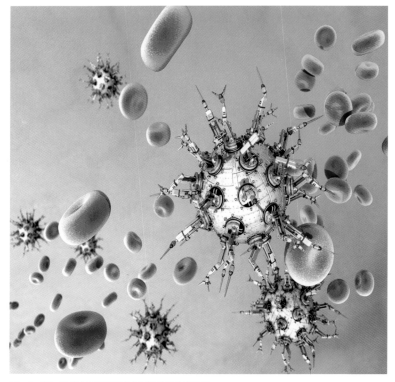

图 2-35 病毒与红细胞之间的对比与调和

迅速改变了我们的视觉效果。

　　抽象是理念形态。具象是现实形态。可以说，具象与抽象是形态特征的两个领域。具象形象是来源于对自然界物体的真实而细致的描写；抽象形象则是对具象形象高度概括的表现，主要体现物体的简洁而明确的个性特征。无论是以现实图形或是以理念图形为设计载体，均须符合形式美的法则。此为共性特征，亦是本质规律。东方人讲殊途同归，西方人谈条条道路通罗马，阐述的都是一条辩证的规律，即目标明确后，过程是可变通的、多样的。

　　构成作为艺术设计的基础，是通过对形态的研究和骨格的推敲来掌握形式美的规律与法则。但离开内容或者主题，人为地排斥具象图形在构成艺术中的运用，将最终成为形式游戏，在真正的专业设计中仍无以适用。缺乏对事物的宏观认识，学习规律的僵化，或罗列某些"要素"，都是舍本求末之举。

　　具象与抽象具有可转换性特征。宏观地说，"手"与"自行车"都是人为造物的具象的"形"；微观地分析，指纹与自行车的局部构架都已转换成抽象图形。同样，具象胶印彩图与彩电丰富的画面层次之微观分析，则可还原为基本的抽象色点的组合与排列。因此，思维应从对构成研究的"具象"与"抽象"的困惑中释放出来，大胆实践。伊顿的形态练习对于新样式艺术的装饰性与工艺美术运动而言是抽象的，但对于康定斯基的"点、线、面"来说仍属具象范畴。因此，具象与抽象的概念本身就是相对的。艺术设计中对构成艺术的研究，应更多地注重于画面的形式要素，更加关注画面骨格、排列上的符号化处理。

　　巨大钢结构的"鸟巢"外观是抽象的，却又显现出自然形态的具象的联想；东方明珠"大珠小珠落玉盘"、上海博物馆的"天圆地方"，既是东方的诗意，又体现博大的宇宙气象，在意象上既有形而又无形；波特曼建筑如洛克菲勒群楼般的现代建筑，其门厅的水帘，传统立柱，园林般布局却是传统的东方结构，由此营造出满足人们情感需求的平衡点，体现人与自然的融合；同样，对于罗浮宫的古典建筑而言，贝聿铭所创造的剔透的金字塔几何形态的建筑与之相匹配，是十分抽象的、现代的，是用逆向的思维使传统与现代、具象与抽象交融。由此可见，只有很好地掌握形态语义的特点和规律，让中西对话，让古老与现代、大俗与大雅、理性与感性、秩序与破坏、具象与抽象对话，以此营造出新的视觉体验，才符合艺术设计师创造性的天职，亦是设计教育中构成艺术教育的目的。

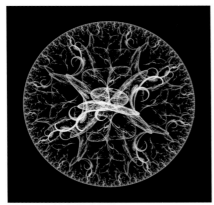

图 2-36 抽象构成之美

图 2-37 一组以曲线构成的设计作品

作业：

【课题内容】

人与自然

【课题目标】

寻找并发现日常生活和自然界中的点、线、面、体的物象，积累对于点、线、面、体构成形态的认识，尝试对二维形态的发现、分析、组织、归纳和抽象创造以及对质感、肌理的研究、表现。利用手绘加计算机进行加工处理，以得到更多、更美、更具表现力的二次图像，并在现代设计中进行应用。

【课题要求】

课题收集—归纳—应用

利用数码相机尽量收集自然形态和社会生活中各种类型的点、线、面、体、构成图片资料，了解点、线、面、体形态特征的丰富性。

1. 对收集的客观存在的物象进行归纳整理，分析其构成元素和构成规律，从中发现形态美，以手绘的形式进行抽象表达，以训练对形象的联想和表现能力。

2. 运用Photoshop、Illustrator、CorelDraw、Indesign等软件将点、线、面、体的物象加工处理成黑白语言的数码图像，学习利用计算机创作构成视觉新元素。

图 2-38 抽象与具象 不锈钢球形形变 钱安明摄影

图 3-1 黑black 岳方方模特 范尔东摄影

第三章　数码平面构成

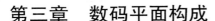 学习目标：
　　了解平面构成的元素以及平面构成的形式，并会运用这些构成形式进行平面构成的设计。

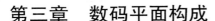 学习重点：
　　平面构成的几种形式。

 学习难点：
　　数码手段在平面构成的几种形式之中的体现及其运用。

图 3-2 密集 garminzigzag

　　平面构成（the plane constitution）作为现代设计的基础学科，主要是培养学生的造型设计能力，拓展学生的设计思维，使其掌握平面设计方法，为从事专业设计工作奠定基础。平面构成是视觉元素在二次元平面上，按照美的视觉效果、力学原理进行编排和组合。它以理性和逻辑推理创造形象，研究形象与形象之间的排列方法。

　　平面构成是以轮廓塑造形象，将不同的基本形按照一定的规则在平面上进行组合，是一种视觉形象构成，主要研究在平面设计中如何创造形象，怎样处理形象与形象之间的关系，如何掌握美的形式规律，并按照美的形式法则，构成设计出所需要的图形。如奥运会的五环旗、大众汽车标志、三菱汽车标志等都是采用一个比较简洁的符号形式，概括表达出自己的形象，传达信息，在人们心中产生深刻的印象，而这些成功的设计就是应用了平面构成的形式。

第一节　平面构成概述

平面构成的本质特点是视觉元素在二次元的平面上，按照美的视觉效果、力学的原理进行编排和组合的视觉艺术，以理性和逻辑推理来创造形象，研究形象与形象之间的排列。它是理性与感性相结合的产物，是设计中最基本的训练，是在平面上按一定的原理设计、策划的多种视觉形成，是一种思维方式的训练、分析、实验，最后通过思维方式开发培养的一种创造观念。其终极目标在于创新思维的开发和培养，从更深的层次理解形式美的原理与法则。系统训练各种构成技巧和形式手法，为提高设计综合能力打下基础。

一、教学新视角

平面构成课基本上是学生接触的第一门设计课。学好该门课程对之后其他设计课程的学习非常重要。

传统的教学流程是先从点线面理论讲起然后层层深入。点线面理论看似很好理解，但多数学生之前的训练都是传统绘画训练，对抽象的点线面理论并没有一个很好的知识准备。即使学习了点线面理论，也无法结合个人特点，进行发挥创作，作业练习机械而趋同。

因此，本书利用"逆向法"教学，从广告实例入手，先讲解构成法则。广告不管是平面的还是媒体的，都是能天天看到的。从具体的

图 3-3 平面构成构图 鹦鹉螺线

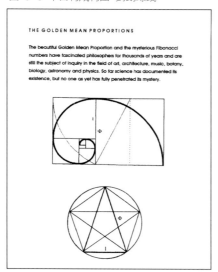

图 3-4 黄金分割与数理关系

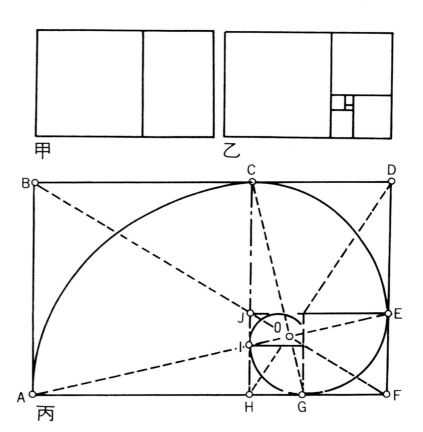

实例入手来讲解抽象的构成法则，生动而易于理解，学生的学习兴趣也随之高涨。有了这一层的理论铺垫，再讲解美的法则和点线面理论则要容易得多，之后所做的练习，也会带有不同的个性。

平面构成的造型要素主要是抽象的几何图形，构成形式是以理性和逻辑的活动为主。因此，它所创造的画面形式多数偏于数学的美、秩序的美。构成设计的这一特点，使计算机辅助平面构成大有可为。用AutoCAD和CorelDraw等二维软件辅助平面构成设计，可在计算机上通过复制、旋转、镜像等命令，不断寻求组合方式的变化，不仅快捷准确，且可获得很多意想不到的特效。这些特效很多都是手绘所不便获得的，或者是不可能获得的。

实际教学中的教学手段和基本态度是：

1. "章鱼式练习"

在平面构成教学中，做练习是发现学生设计个性最直接的方法。所做的练习要与其后的其他专业课有或多或少的联系。让学生在学习基础理论的同时涉猎其他设计课程，了解平面设计专业的大概。构成创作练习要注重个性的张扬。

2. 以人为本

平面构成教学以及一般性的设计教学有两点最为主要。其一，独立思考，注重创造力和想象力的培养。其二，掌握一些设计的方法，在面对问题时，找出解决之道。平面构成必须要与今后的实践相结合。

二、平面基本形

基本形，是构成中用到的最小单位，也是图形元素最小的、最单纯的原始形态，是由一组相同或相似的形象组成的，在构成内部起到统一的作用，一般以简化的形态出现，例如几何形态的组合。基本形与平面构成骨格的相互影响、相互制约、相互作用可形成千变万化的二维形象。两个或更多的基本形在相遇时可以产生以下八种形式。

1. 分离：面与面之间互补接触，始终保持若干距离。

2. 接触：面与面在互相靠近的情况下，边缘发生接触。

3. 覆叠：面与面靠近时，由接触更近一步，成为覆叠，有前后之分。

4. 差叠：面与面交叠部分产生出一个新的形象，其他不交叠的部分消失不见。

5. 透叠：面与面交叠时，交叠部分产生透明感觉，形象前后之分并不明显。

6. 联合：面与面互相交叠而无前后之分，可以联合成为一个多元化的形象。

7. 减缺：面与面覆叠时，在前面的形象并不画出来，只出现后面的减缺形象。

8. 重合（重叠）：面与面完全重叠，成为一个独立的形象。

三、平面构成元素

平面构成设计的元素包括概念元素、视觉元素、关系元素和实用

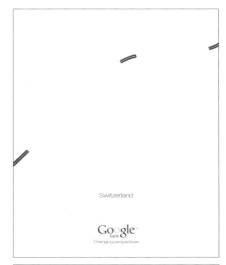

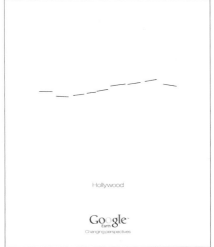

图 3-5

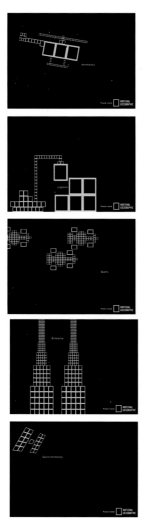

图 3-6

元素。

1. 概念元素

概念元素指创造形象之前，仅在意念中感觉到的点、线、面、体的概念，是指那些实际上不存在的、不可见的，但能被人们的意念感觉到的东西，比如针尖上面的点，物体边缘的轮廓线，面所包围的体等，其作用是促使视觉元素的形成。

2. 视觉元素

视觉元素指将概念元素体现在设计中，见之于画面。视觉元素是通过看得见的形状、大小、色彩、位置、方向、肌理等属性以被称为基本形的具体形象体现的。

3. 关系元素

关系元素，是指视觉元素（即基本形）的组合形式，是通过框架、骨格以及空间、重心、虚实、有无等因素决定的。其中最主要的因素是骨格，是可见的，其他如空间、重心、方向、虚实等因素，则是以感觉去体现。

4. 实用元素

实用元素指设计所表达的内容、目的和功能，如指定的文字、图案、标志等。

▶ 第二节　平面构成形式

平面构成是抽象出形式美本质的艺术。它舍弃了事物的现实形态，精取事物美的形式，通过点、线、面的大小、色彩、方向、形状、疏密等等的不同产生基本元素的变化，这些基本元素按重复、近似、渐变、

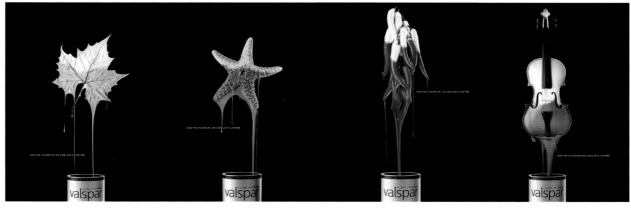

图 3-7

发射、特异、对比、密集、肌理、空间等不同的骨格和章法形成千变万化的构图与画面，这些骨格与章法从平面构成的范畴证明和谐、节奏、对称、均衡等这些美的法则。

一、重复构成

骨格与基本形有序的反复出现，形成某种规律的构图形式，称为重复构成。重复构成形式具有很强的形式美感。重复构成具有强化记忆的功能，反复出现会不断加强视觉冲击，加深形象认识。

在这种构成中，组成骨格的水平线和垂直线都必须是相等比例的重复组成，骨格线可以有方向和宽窄等变动，但必须是等比例的重复。对基本形的要求，可以在骨格内重复排列，也可有方向、位置的变化，填色时还可以"正"、"负"互换，但基本形超出骨格的部分必须切除。重复构成分为简单重复构成和多元重复构成两种。

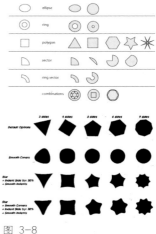

图 3-8

二、近似构成

在重复构成中，保持原有规律性的基础上，把重复元素的基本形（大小、方向、色彩等方面）进行轻度变化，就演变成了近似构成形式，其骨格与基本形变化均不大。近似构成形式中既有形式变化，又有整体的统一，寓"变化"于"统一"之中是近似构成的特征。在设计中，一般采用基本形体之间的相加或相减来求得近似的基本形。近似构成的骨格可以是重复或是分条错开的，而近似主要是以基本形的近似变化来体现。

三、渐变构成

渐变是一种常见的视觉现象，也是平面设计中常用的技法。骨格与基本形具有渐次变化性质的构成形式，称为渐变构成。它是把基本形体按大小、方向、形状、色彩等关系进行渐次变化排列的构成形式，能够表现出空间感和时间感。

渐变构成有两种形式：一种是通过变动骨格的水平线、垂直线的疏密比例取得渐变效果；另一种是通过基本形的有秩序、有规律的无限变动（如迁移、方向、大小、位置等变动）而取得渐变效果。此外，渐变基本形还可以不受自然规律限制从甲渐变成乙，从乙再变为丙，例如将河里的游鱼渐变成空中的飞鸟，将三角渐变成圆等。

渐变包括形状的渐变、色彩的渐变和大小、方向的渐变等。

形状渐变是指从一个形象渐变成另一个形象。形状渐变的图形又称为延异图形。

色彩渐变是指色彩的明度、纯度、色相逐渐发生变化。

方向渐变是指基本形的方向有规律地逐渐发生变化，有平面旋转感。

大小渐变是指基本形由大到小或由小到大逐渐变化。

图 3-9

四、发射构成

骨格线和基本形呈发射状的构成形式，称为发射构成。它是骨格线和基本形用离心式、向心式、同心式以及几种发射形式相叠而组成的，即以一点或多点为中心，向周围发射、扩散等形成视觉效果，具有较强的动感及节奏感。其中，发射状骨格可以不纳入基本形而单独

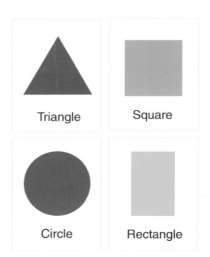

图 3-10 平面基本形

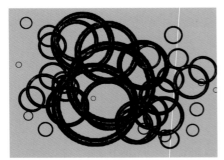

图 3-11 重复

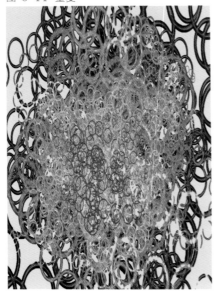

图 3-12 密集

图 3-13 特异

图 3-14 近似

组成发射构成；发射状基本形也可以不纳入发射骨格而自行组成较大单元的发射构成；此外，还可以在发射骨格中依一定规律相间填色而组成发射构成。

发射构成包括一点式发射构成形态、多点式发射构成形态和旋转式发射构成形态。

五、特异构成

在重复、近似、渐变构成中，为了改变规律性的单调感，有意识地出现不合规律的个别基本形，由此产生强烈的对比效果，这种构成方式就称作特异。特异构成的因素有形状、大小、位置、方向及色彩等。局部变化的比例不能变化过大，否则会影响整体与局部变化的对比效果。特异构成的最大特点就是让人的视线集中在变异的个体上，形成一个视觉中心，强化对变异体的视觉刺激。

六、密集构成

把基本形态按密集与疏散、虚与实、向心与扩散等方式进行构成称为密集构成。它是一种比较自由性的构成形式，具有方向性和目的性的运动特征。在这种形式的构图中，元素最密集的地方和最稀疏的地方均为视觉焦点。

密集构成包括预置形密集与无定形密集。

预置形密集是依靠在画面上预先安置的骨格线或中心点组织基本形的密集与扩散，即数量相当多的基本形在某些地方密集起来，而从密集又逐渐散开来。

无定形的密集，不预置点与线，而是靠画面的均衡，即通过密集基本形与空间、虚实等产生的轻度对比来进行构成。

基本形的密集，须有一定的数量、方向的移动变化，常带有从集中到消失的渐移现象。此外，为了加强密集构成的视觉效果，也可以使基本形之间产生复叠、重叠和透叠等变化，以加强构成中基本形的空间感。

七、对比构成

在两种或两种以上事物之间，有着明显的差别，我们就称之为对比。对比构成是一种较为自由的构成表现形式。平面设计中常用对比的手法。此种构成不依靠骨格线而仅依靠基本形的形状、大小、方向、位置、色彩、肌理等的对比，以及重心、空间、有与无、虚与实的关系元素的对比，给人以强烈、鲜明的视觉效果。

八、分割构成

所谓分割构成形式是指按一定比例和秩序进行切割或划分的构成形式。在平面构成中，分割构成是基本构成形式之一，在设计中运用较为普遍，如版面的分割、平面中的空间分割等。

分割可划分为等形分割、比例分割、数列分割、自由分割等类型。

等形分割：要求形状完全一样的重复性分割，有整齐、统一的特点，形式较为严谨。

比例分割：按一定的比例进行的分割（如著名的黄金分割律是按1:0.618的比例进行分割的），有完整、严谨的特点。

数列分割：按一定的数列进行的分割，有和比例分割类似的特点，它更具有秩序性。

自由分割：没有任何规则进行的分割，有活泼、自由的特点。

九、肌理构成

肌理是物质表面的形态，通常是指物体表面的纹理感觉。以肌理为构成的设计，就是肌理构成。肌理具有

图 3-15 发射

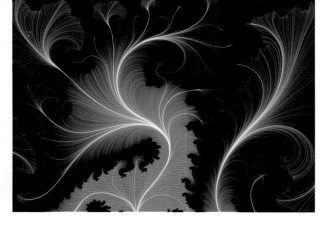

图 3-16 渐变分形

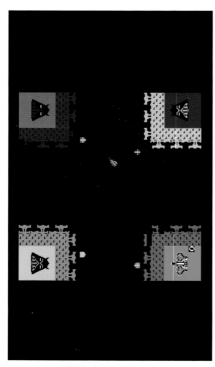

图 3-17 分割构成

图 3-18 图地转换

粗糙、细腻、柔软、生硬、干燥、湿润等特性。既有自然形态的肌理（如沙漠、树皮、波纹等），也有人为形态的肌理（如布料、墙纸等）。

在网页设计中，肌理应用得较为普遍。尤其是在纯文字的页面，用恰当的肌理作背景图案，将起到很好的视觉调节作用。肌理构成可采用多种手法，如描绘、喷洒、熏炙、擦刮、拼贴、渍染、印拓等等。还可通过滴色法、水色法、水墨法、吹色法、蜡色法、撕贴法、压印法、干笔法、木纹法、叶脉法、拓印法、盐与水色法等来制作更多的肌理效果。

十、空间构成

把形态的要素按大小、渐变、明暗、透视、重叠等方法构成空间感效果，这种构成形式称作空间构成形式。这种空间是基于二维平面上的假想空间，而不是真实的三维立体空间。它是利用透视学中的视点、灭点、视平线等原理所得到的平面上的空间形态。

实现手法有透视法和重叠法两种。透视法是利用图形的大小、明暗，线条的长短、疏密程度等变化来表现空间的深度。重叠法是利用形态之间的遮挡关系来表现空间感。未被遮挡的物体完整显示，被遮挡的物体部分显示，二者将表现出明显的前后关系。

矛盾空间也是利用透视法或重叠法表现出的一种错觉空间。这种构图又兼具有图和底的构成形式，是客观现实中不存在的空间。"反转空间"是矛盾空间的重要表现形式之一。

十一、图底转换

图形与底的角色互换的构成形式称为图与底构成形式。利用这种构成形式设计的图又称作共生图形或交像图形。这种构成形式在视觉上起到了一图多用、一图多义的梦幻视觉效果，同时也是视觉心理在图形关照上的特殊体现。图与底的反转在组合上十分严密，空间利用经济。图与底之间在形状上相互包含，意义上相互独立。

十二、视幻构成

这种构成形式是以黑白或彩色几何形体，运用有规律、有节奏的排列、重叠、交叉等手法，引起视觉上的错觉，造成起伏、振动、眩目等光感效果。

视幻（OP）艺术家常采用此法创作令人眩晕的惊世之作。

以上的各种平面构成形式均体现了构成的形式美的法则，如：重复与渐变构成的骨格含有节奏的美学原则，重复更有对称的视觉效果；渐变、近似、发射，它们的形象单位都是从一个形式逐步过渡到另一个形式，是节奏与多样变化的统一；特异是在比较一致的群体形式中插入不同的对比，刺激视觉器官，给人强烈、鲜明的感受；密集与发射是相对立的两种骨骼，发射是从一个核心向外扩展，密集则是从四面向一个核心聚拢，它们的形式具有运动的节奏感，画面均衡，变化而和谐统一。

作业：

　　1. 实地采集一些视觉资料，分析其构成形式与形式美法则的运用。

　　2. 利用平面构成的几种构成形式分别设计出5个作品，并从中体会和谐、节奏、对称、均衡等形式美法则在这些作品中的体现。

图 3-19

图 3-20 肌理构成 钱安明 抽象画创作

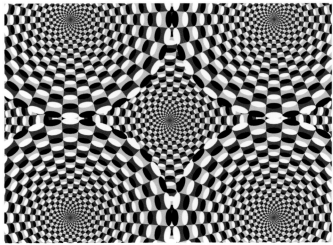

图 3-21 视幻构成

图 4-1 红RED 钱安霞供稿

第四章　数码色彩构成

▶ 学习目标：
了解光与色的相关概念、色彩要素、色彩心理以及色彩对比的分类、色彩设计方法等相关知识，并能加以运用。

▶ 学习重点：
色彩学基础知识与相关知识交叉。

▶ 学习难点：
熟练运用色彩设计方法进行构成训练。

图 4-2

色彩构成（the color constitution）是艺术设计的基础课程之一。色彩学主要考察色彩的相互作用，属于色彩的运用方法，是从人对色彩的知觉和心理效果出发，用科学分析的方法，把复杂的色彩现象还原为基本要素，利用色彩在空间、量与质上的可变换性，按照一定的规律去组合各构成之间的相互关系，再创造出新的色彩效果的过程。

色彩构成是研究色彩的正确、合理使用的一门科学。色彩构成以全面认识色彩语言，掌握色彩构成美的规律为目的。它与平面构成及立体构成有着不可分割的关系，色彩不能脱离形体、空间、位置、面积、肌理等而独立存在。数码色彩构成就是运用数字化手段对色彩进行搭配组合，从而构成新的美的色彩关系。影像处理软件在色彩使用及调控方面有着很强的优势。在色彩表现的准确性（科学）、色彩更换的灵活性（快捷的填充）、图形的重复表现性（快速）等方面，有着手绘工具无可比拟的优势。它可免去手工操作过程中所出现的涂色不匀、色彩表现不准确等问题，并可在短时间内衍生出多个方案，便于比较、扩大练习范围，提高自身的色彩修养。还可从Photoshop自身的许多滤镜与特效中获取灵感，并将其利用、组合、升华、再创造，从中诱导出更多更好的创意。矢量化的软件对于作品的二次设计以及作品修改无疑有着更大的优势。

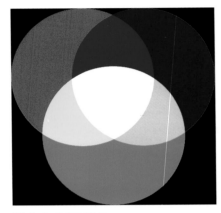

图 4-3 色光三原色

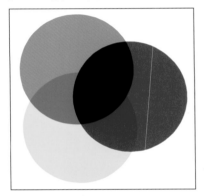

图 4-4 色料三原色

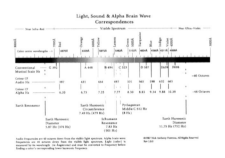

图 4-5

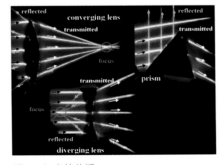

图 4-6 光的传播

第一节　光与色

色彩对于事物的表现能力有着其他形式无法比拟的特殊效果。色彩无处不在，它是构成我们生活环境的重要组成部分。人类对于每一件事物的认知，都是从色彩与形状开始的。人们只有凭借光才能看到物体色彩。色彩是光刺激人眼睛的视神经，通过大脑中枢神经的传达生成的感觉。我们也在用色彩创造丰富的视觉空间，用色彩的语言与社会进行沟通。

一、可见光

色彩是由光的刺激而产生的一种视觉效应。光与色并存，有光才有色。色彩感觉离不开光。光在物理学上是一种电磁波，波长在0.38nm到0.78nm之间的电磁波，才能引起人们的色彩视觉感觉，此范围称为可见光。人类肉眼所能看到的可见光只是整个电磁波谱的一部分。光是原子或分子内的电子运动状态改变时所发出的电磁波，波长大于0.78nm称红外线（infrared ray），波长小于0.38nm称紫外线（ultraviolet（UV）rays）。波长为100nm~400nm的电磁波又分为近紫外线UVA、远紫外线UVB和超短紫外线UVC。

1666年，英国科学家牛顿第一个揭示了光的色学性质和颜色的秘密。他用实验说明太阳光是各种颜色的混合光，并发现光的颜色决定于光的波长。阳光从细缝引入暗室，光束通过三棱镜产生折射，不同波长的光折射率不同，结果呈现红、橙、黄、绿、青、蓝、紫光谱色带，说明自然光是七色光的混合。这种现象称作光的分解或光谱。七色光谱的颜色分布是按光的波长排列的。太阳光是不同波长光的复合体，称复合光。分解之后的任一色光都不能再分解，叫单色光。

二、光的传播

光是以波动的形式进行直线传播的，具有波长和振幅两个因素。不同的波长产生色相差别；不同的振幅产生同一色相的明暗差别。光在传播时有直射、反射、透射、漫射、折射等多种形式。

光直射时直接传入人眼，视觉感受到的是光源色；当光源照射物体时，光从物体表面反射出来，人眼感受到的是物体表面色彩；当光照射时，如遇玻璃之类的透明物体，人眼看到是透过物体的穿透色。光在传播过程中，受到物体的干涉，则产生漫射，对物体的表面色有一定影响；如通过不同物体时产生方向变化，称为折射，反映至人眼的色光与物体色相同。

三、光源与受光体

自然界的物体色彩缤纷，它们本身虽然大都不会发光，但都具有选择性地吸收、反射、透射色光的特性。人们之所以能看到它们，是因为光源色经物体表面选择性地吸收、反射，反映到视觉中，形成了人的光色感觉。

物体对色光的吸收、反射或透射能力，受物体表面肌理状态的影响。表面光滑、平整、细腻的物体，对色光的反射较强，如镜子、磨光石面、丝绸织物等；表面粗糙、凹凸、疏松的物体，易使光线产生漫射现象，故对色光的反射较弱，如毛玻璃、呢绒、海绵等。

物体在自然光照下，只反射其中一种波长的光，而其他波长的光全部吸收，这个物体则呈现反射光的颜色。如果某一物体反射所有色光，那么我们便感觉这个物体是白色的；如果吸收全部色光，那么就呈现黑色。任何物体对色光不可能全部吸收或反射，因此，实际上不存在绝对的黑色或白色。常见的黑、白、灰物体色中，白色的反射率是64%~92.3%；灰色的反射率是10%~64%；黑色的吸收率是90%以上。

现实生活中的颜色是极其丰富的，各种物体不可能单纯反射一种波长的光，它只能对某一种波长的光反射得多，而对其他波长的光按不同比例反射得少。因此，物体的颜色不可能是一种绝对标准的色彩，而只能是倾向某一种颜色，同时又具有其他色光的成分。所以说物体的色彩是由光源的色彩和该物体的选择吸收与反射能力所决定的。

物体对色光的吸收与反射能力虽是固定不变的，但物体的表面色却会随着光源色的不同而改变，有时甚至失去其原有的"固有色"色相感觉。如景观灯对建筑外观的影响。

图 4-7 激光球

图 4-8 牛顿实验　　　　图 4-9 光与色

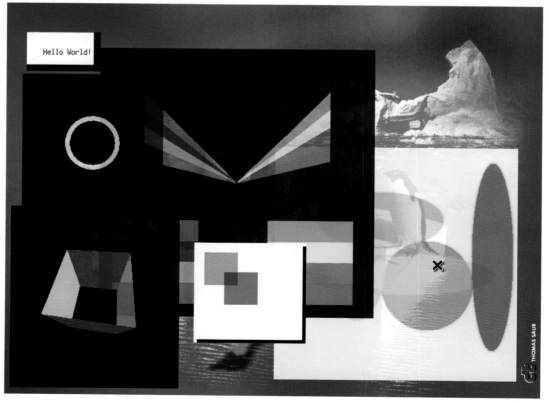

图 4-10

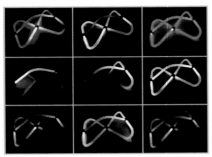

图 4-11

图 4-14 模拟自然光效 钱安明作品

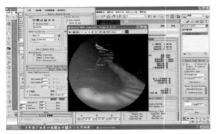

图 4-12 光源与受光体1

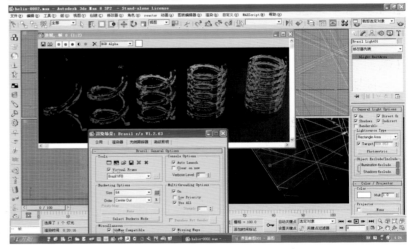

图 4-15 物体与光影界面截图

图 4-13 光源与受光体2

图 4-16 物体与光影helex

第二节 色彩要素

任何一个色彩都有它特定的明度、色相和纯度的特性，人眼看到的任一彩色光都是明度、色相和纯度的综合效果，这三个特性即是色彩的三要素（Three elements of color）。任何一个色彩都同时具有这三个基本属性。

一、原色

物理学中把含有红、橙、黄、绿、青、蓝、紫光的光线称为全色光。自然界中的全色光是白色光也就是太阳光。含有两种以上色彩的光线称为复色光，含有一种色彩的光线称为单色光。色光中红、绿、蓝是最基本的原色光，原色光两两混合出的品红、黄、青光是间色光。原色有两个原色系统，一种是色光方面的，即光的三原色，另一种是色料方面的即色素三原色。

色光的三原色：红光（Red）、绿光（Green）、蓝光（Blue）。

色素的三原色：品红（Magenta）、黄色（Yellow）、青色（Cyan）。

将两种或多种色彩进行混合，造成与原有色不同的新色彩称为色彩混合。

色光的三个原色混合在一起成为白色，而色素的三原色混合在一起则成为黑色（理论上可行，实则不然）。

任意两个原色混合成的色彩称为间色；两个间色再次混合成的色彩称为再间色；一个间色和一个原色混合而成的色彩称为复色。

二、色立体

色立体是依据色彩的色相、明度、纯度变化关系，以黑、白、灰明度序列为中轴，组成一个类似球体的立体模型——把千百个色彩依明度、色相、纯度三种关系组织在一起就构成了色立体。色立体为我们提供了几乎全部的色彩体系，可以帮助我们开拓新的色彩思路。不同明度的黑、白、灰按上白、下黑、中间为不同明度的灰等差秩序排列起来，可以构成明度序列；把不同色相的高纯度色彩按红、橙、黄、绿、蓝、紫、紫红等差秩序排列起来构成色相环；把每个色相中不同纯度的色彩，外面为纯色向内纯度降低，按等差纯度排列起来，可获得各色相的纯度序列。由于色立体是严格地按照色相、明度、纯度的科学关系组织起来的，所以它提示着科学的色彩对比、调和规律。标准化的色立体，对色彩的使用和管理会带来很大的方便，可以使色彩的标准统一起来。

色立体有多种，主要有美国蒙赛尔色立体、德国奥斯特瓦尔德色立体、日本色研色立体等。

色立体能使我们更好地掌握色彩的科学性、多样性，使复杂的色彩关系在头脑中形成立体的概念，为更全面地应用色彩，搭配色彩提供根据。

色彩系统主要由无色系和有彩系组成。

1. 无色系

无色系包括黑、白及黑白两色相混的各种深浅不同的灰色。从科学角度来看，黑白灰不在光谱序列之中，所以不能称之为色彩。但从生理

图 4-17 色环

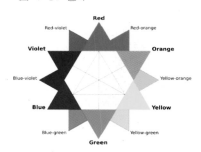

图 4-18 色相

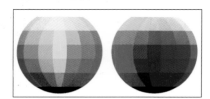

图 4-19

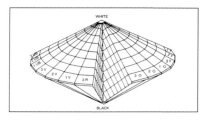

图 4-20 色立体

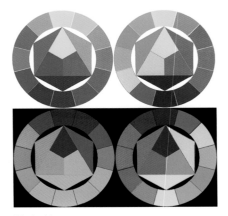

图 4-21

图 4-22 色彩构成在产品设计中的应用

和心理角度上来看，无彩色具备完整的色彩特征，应包含在色彩体系之中。无色系没有色相与纯度，只有明度的变化。黑白灰的无色特性却往往受时尚人士的青睐，被称为"永不过时的流行色"。

2. 有彩系

有彩系为可见光谱的全部颜色，以红、橙、黄、绿、青、蓝、紫为基本色。有明度的变化和纯度的差异。

三、色彩三要素

通过对色立体的直观考察，我们可以得出色彩的三要素：

1. 明度

明度是指色彩的明暗程度。明度是全部色彩都具有的属性。明度关系是搭配色彩的基础。明度最适于表现物体的立体感与空间感。白颜料属于反射率相当高的物体，在其他颜料中混入白色，可以提高混合色的反射率，也就是说提高了混合色的明度；与之相对，黑颜料属于反射率极低的物体，在其他颜料中混入黑色越多，明度降低越多。

黑、白、灰之间可构成明度序列。计算明度的基准是灰度测试卡。假定黑色为0，白色为10，在0～10之间等间隔的排列则为9个阶段。任何一个有彩色加白或加黑都可构成该色以明度为主的序列。红、橙、黄、绿、青、蓝、紫各纯色按明度关系排列起来可构成色相的明度秩序。

2. 色相

色相的不同是由光的波长差别所决定的。色相的种类很多，可以识别的色相可达160个左右，如孟塞尔的100色的色相环。色相可构成高纯度、中纯度、低纯度、高明度、低明度、中明度的全色相环，及1/3、1/2、3/4色相环等以色相为主的序列。

色相指的是不同波长的色的情况。波长最长的是红色，最短的是紫色。把红、黄、绿、蓝、紫和处在它们之间的黄红、黄绿、蓝绿、蓝紫、红紫这5种中间色，共计10种色作为色相环。在色相环上排列的色是纯度高的色，被称为纯色。这些色在环上的位置是根据视觉和感觉的相等间隔来进行安排的。用类似这样的方法还可以再分出差别细微的多种色来。在色相环上，与环中心对称，在180°的位置两端的色被称为互补色。一对互补色是指两个强烈对比的色彩（色相环中两个直接相对立的色彩）。

3. 纯度

纯度是指色的鲜艳程度。色彩越艳，纯度就越高；相反，色彩越灰，纯度就越低。

颜料中的红、橙、黄、紫色在颜料中都是纯度高的色相，蓝、绿色在颜料中是低纯度的色相。

任何一个色彩加白、加黑、加灰都会降低它的纯度。纯度只能是一定色相感的纯度，凡是有纯度的色彩必然有相应的色相感，因此有纯度的色彩都称为有彩色。黑白灰只有明度变化没有纯度变化。

4. 明度、色相、纯度相互关系

任何色彩（色相）在纯度最高时都有特定的明度，假如明度变了纯度就会下降。高纯度的色相加白或加黑，降低了该色相的纯度，同时也提高或降低了该色相的明度。高纯度的色相如果与同明度的灰色混合，可构成同色相同明度不同纯度的色彩序列。

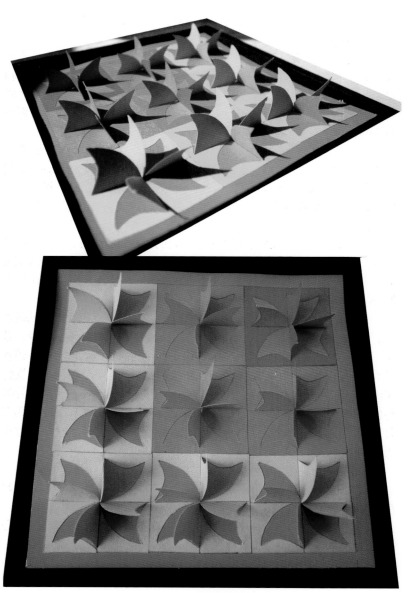

图 4-23 融合平面色彩立体构成 河北科技师范学院 学生作业

图 4-24 logo 色彩象征性

图 4-25 数码调色板

图 4-26 色彩与情感

第三节　色彩心理

认识色彩除了客观方面还有主观的方面，即有关色彩的视觉心理基础理论知识。

不同波长色彩的光信息作用于人的视觉器官，通过视觉神经传入大脑后，经过思维，与以往的记忆及经验产生联想，从而形成一系列的色彩心理反应。

一、色彩感觉

1. 色彩的冷暖感

色彩本身并无冷暖的温度差别，是色彩通过视察引起人们对冷暖感觉的心理联想。

暖色：人们见到红、红橙、橙、黄橙、红紫等色，马上联想到太阳、火焰、热血等物像，产生温暖、热烈、危险等感觉。

冷色：人们见到蓝、蓝紫、蓝绿等色，则很易联想到太空、冰雪、海洋等物像，产生寒冷、理智、平静等感觉。

色彩的冷暖感觉，不仅表现在固定的色相上，而且在比较中还会显示其相对的倾向性。如同样表现天空的霞光，用玫红画朝霞那种清新而偏冷的色彩，感觉很恰当，而描绘晚霞则需要暖感强的大红与橙红了。

2. 色彩的轻重和软硬感

色彩的轻重感觉是物体色与视觉经验而形成的重量感作用于人心理的结果。色彩的轻重感主要与色彩的明度有关。明度高的色彩使人联想到蓝天、白云、彩霞、花卉甚至棉花、羊毛等，产生轻柔、飘浮、上升、敏捷、灵活的感觉。明度低的色彩易使人联想到土壤、钢铁、大理石等物品，产生沉重、稳定、降落等感觉。

此外，在同明度、同色相的条件下，纯度高的感觉轻，纯度低的感觉重。就色相方面而言，暖色给人的感觉轻，冷色给人的感觉重。同样，凡是感觉轻的色彩给人软的感觉，凡是感觉重的色彩给人硬的感觉。

3. 色彩的进退和膨胀感

不同波长的色光在人眼视网膜上的成像有前后，红、橙等光波长的色在后面成像，感觉比较迫近，蓝、紫等光波短的色则在外侧成像，在同样距离内感觉就比较后退。

实际上这是视错觉的一种现象，一般暖色、纯色、高明度色、强烈对比色、大面积色、集中色等有前进感觉；相反，冷色、浊色、低明度色、弱对比色、小面积色、分散色等有后退感觉。由于色彩有前后的感觉，因而暖色、高明度色等有扩大、膨胀感；冷色、低明度色等有显小、收缩感。

4. 色彩的华丽和朴素感

色彩的三要素对华丽及质朴感都有影响，其中纯度关系最大。明度高、纯度高的色彩，丰富、强对比色彩感觉华丽、辉煌。明度低、纯度低的色彩，单纯、弱对比的色彩感觉质朴、古雅。从色相上看，暖色给人的感觉华丽，而冷色给人的感觉朴素。从质感上看，无论何种色彩，如果带上光泽，都能获得华丽的效果。

5. 色彩的活泼和庄重感

暖色、高纯度色、强对比色感觉跳跃、活泼有朝气；冷色、低纯度色、低明度色感觉庄重、严肃。

6. 色彩的兴奋和沉静感

影响最明显的是色相，红、橙、黄等鲜艳而明亮的色彩给人以兴奋感；蓝、蓝绿、蓝紫色使人感到沉着、平静。

纯度的关系也很大，高纯度色给人以兴奋感，低纯度色给人以沉静感。

从明度方面看，高明度、高纯度的色彩给人以兴奋感；低明度、低纯度的色彩给人以沉静感。

二、色彩联想

色彩的联想带有情绪性的表现，是从过去的经验、记忆和知识而获得的，受到观察者年龄、性别、性格、文化、民族、宗教、生活环境、时代背景、生活经历等各方面因素的影响。

色彩的联想有具象联想和抽象联想两种。

1. 具象联想

人们看到某种色彩后，会联想到自然界、生活中某些相关的事物。如：红色使人联想到火、血、太阳；蓝色使人联想到天空、水等。

2. 抽象联想

人们看到某种色彩后，会联想到理智、高贵等某些抽象概念。如：红色使人联想到热情、危险、活力；橙色使人联想到温暖、欢喜、嫉妒等。

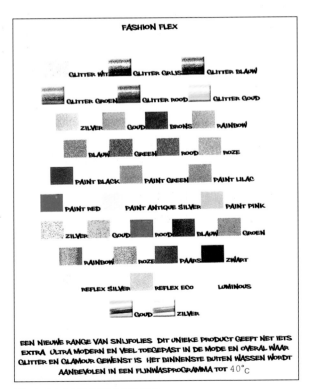

图 4-27 时尚面料质感与色彩

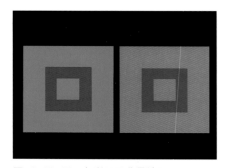

图 4-28 同一色彩不同背景效果

图 4-29

图 4-30 现代主义风格网页色彩

第四节　色彩对比

多种色彩组合后，色相、明度、纯度等不同差别所产生的总体效果称为对比。两个或两个以上的色彩，以空间或时间关系相比较，能比较出明确的差别时，它们的相互关系就称为色彩的对比关系，即色彩对比。对比的最大特征就是产生比较作用，甚至发生错觉。色彩间差别的大小，决定着对比的强弱，差别是对比的关键。

色彩对比的形成必须有明显差别，并在同一时间或同一空间范围内进行。因为色彩必须依形而出现，所以色彩在画面中的形状、大小、位置也自然成了色彩对比的重要部分。又由于色彩的属性、明度、纯度、色相造成了色彩对比，因此色彩对比可分为，以色相差别为主的色相对比，以明度差别为主的明度对比，以纯度差别为主的纯度对比，以面积差别为主的面积对比，以冷暖差别为主的冷暖对比等。其中明度对比、色相对比、纯度对比是最基本最重要的色彩对比形式。在实践中很少有单一对比形式出现，绝大部分是以明度、色相、纯度综合对比的形态出现。这种多属性、多差别对比的效果，显然要比单项对比丰富、复杂得多。

一、色相对比

两种以上色彩组合后，由于色相差别而形成的色彩对比效果称为色相对比。

各色相由于在色相环上的距离不同，可形成不同的色相对比。单纯的色相对比只有在对比的色相之间明度、纯度相同时才存在；高纯度的色相之间的对比不能离开明度和纯度的差别而存在。色相对比是色彩对比的一个根本方面，其对比强弱程度取决于色相在色相环上的距离（角度），距离（角度）越小对比越弱，反之则对比越强。根据色彩在色相环上的距离可分为零度对比、调和对比和强烈对比。

1. 零度对比

（1）无彩色对比

无彩色对比虽然无色相，但它们的组合在实用方面很有价值，如黑与白、黑与灰、中灰与浅灰，或黑与白与灰、黑与深灰与浅灰等。对比效果感觉大方、庄重、高雅而富有现代感，但也易产生单调感。

（2）同种色相对比

同一色相的不同明度或不同纯度变化的对比，如蓝与浅蓝色对比、橙与咖啡、或绿与墨绿色等对比。对比效果感觉统一、文静、雅致、含蓄、稳重，但也易产生单调、呆板的弊病。

（3）无彩色与有彩色对比

其对比效果感觉既大方又活泼，如黑与红、灰与紫，或黑与白与黄、白与灰与蓝等。无彩色面积大时，偏于高雅、庄重；有彩色面积大时活泼感加强。

（4）无彩色与同种色相比

白与深蓝与浅蓝、黑与桔与咖啡色等对比属于无彩色与同种色相比，其效果综合了无彩色与有彩色对比和同种色相对比类型的优点，感觉既有一定层次，又显大方、活泼、稳定。

2. 调和对比

（1）同类色相对比

色相环上相距在30°以内的色彩对比称为同类色对比。由于30°范围内的色相距离很近，色相之间的差别很小，基本相同，只能构成明度及纯度方面的差别，是最弱的色相对比。如红橙与橙与黄橙色对比等，效果感觉柔和、和谐、雅致、文静，但也感觉单调、模糊、乏味、无力，必须调节明度差来加强效果。

（2）类似色相对比

色相环上相距在60°左右的色彩对比为类似色相对比。由于色相距离较近，因此差别不大，是色相的弱对比。如红与黄橙色对比等，效果较丰富、活泼，但又不失统一、雅致、和谐的感觉。类似色相对比的色相感，因色相之间含有共同的因素，比同一色相对比明显、丰富、活泼，因而既显得统一、和谐、雅致又略显变化，使之耐看。

（3）中差色相对比

色相对环上相距在90°左右的色彩对比为中差色相对比，属于色相的中对比。如黄与绿色对比等，效果明快、活泼、饱满、使人兴奋，感觉有兴趣，对比既有相当力度，但又不失调和之感。

3. 强烈对比

（1）对比色相对比

色相环上相距在120°左右的色彩对比称为对比色相对比，由于色相距离较远，因此差别比较大，属于色相的强对比。色相为对比色，色彩丰富而强烈。如黄绿与红紫色对比等，效果强烈、醒目、有力、活泼、丰富，但因不易统一而感杂乱、刺激，造成视觉疲劳。一般需要采用多种调和手段来改善对比效果。

（2）互补色相对比

色相环上相距在180°左右的色彩对比称为互补色相对比。由于色相距离较对比色远，因此差别更大，是最强的色相对比。色相成互补色，对比更加刺激，色彩更加丰富。如红与蓝绿、黄与蓝紫色对比等，效果强烈、炫目、响亮、极有力，但若处理不当，易产生幼稚、原始、粗俗、不协调的感觉。

二、明度对比

两种以上色相组合后，由于明度差别而形成的色彩对比效果称为明度对比。明度对比在色彩构成中占有重要位置，是决定色彩方案感觉明快、清晰、沉闷、柔和、强烈、朦胧与否的关键。色彩的层次、立体感、空间关系主要靠色彩的明度对比来实现。

1. 低明度基调

以低明度色彩（低明度色彩在画面面积上占70%左右）为主构成低明度基调。它给人的感觉是沉重、浑厚、强硬、刚毅、神秘，也可构成黑暗、阴险、哀伤等色调。

2. 中明度基调

以中明度色彩（中明度色彩在画面面积上占70%左右）为主构成中明度基调。它给人以朴素、稳静、老成、庄重、刻苦、平凡的感觉，如

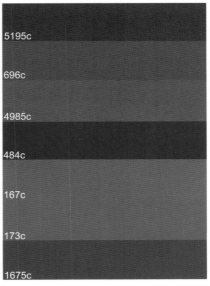

图 4-31 标准色标示例

图 4-32 名画色彩归纳

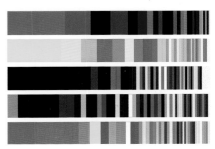

图 4-33 色彩情绪

果运用不好也可造成呆板、平淡、无聊的感觉。

3. 高明度基调

以高明度色彩（高明度色彩在画面面积上占70%左右）为主构成高明度基调。高明度基调使人联想到晴空、清晨、朝霞、昙花、溪流、化妆品等。这种明亮的色调给人的感觉轻快、柔软、明朗、娇媚、纯洁，如应用不当会使人感觉冷淡、柔弱、病态。

另外，明度对比强时，给人的感觉是光感强，体感强，形象的清晰程度高。明度对比弱时，给人的感觉是光感弱，体感弱，不明朗，形象模糊。明度对比太强时，有生硬、空洞、简单化的感觉。

三、纯度对比

两种以上色彩组合后，由于纯度的差别而形成的色彩对比效果称为纯度对比。在色彩设计中，纯度对比是决定色调感觉华丽、高雅、古朴、粗俗、含蓄与否的关键。

1. 高调

高纯度色彩在画面面积占70%左右时，构成高纯度基调，即鲜调。高纯度基调使人感觉积极、强烈而冲动，有膨胀、外向、快乐、热闹、生气、聪明、活泼的感觉。

2. 中调

中纯度色彩在画面面积占70%左右时，构成中纯度基调，即中调。中纯度基调使人感觉中庸、文雅、可靠，如果在画面中加入5%左右面积的点缀色可取得更理想的效果。

3. 灰调

低纯度色彩在画面面积占70%左右时，构成低纯度基调，即灰调。低纯度基调使人感觉平淡、消极、无力、陈旧，但也有自然、简朴、耐用、脱俗、安静、无争、随和的感觉。

四、面积对比

形态作为视觉色彩的载体，占有一定的物理面积。艺术设计实践中经常会出现虽然色彩选择比较适合，但由于面积控制不当而导致失误的情况。

色彩面积对比的调节方法有：

1. 只有相同面积的色彩才能比较出实际的差别，互相之间才产生抗衡，对比效果才强烈。若对比双方的属性不变，一方增大面积，取得面积优势，而另一方缩小面积，将会削弱色彩的对比。比如，法国国旗红、白、蓝三色的比例为35:33:37，而我们却感觉三种颜色面积相等。这是因为白色给人以扩张的感觉，而蓝色则有收缩的感觉，这就是视错觉的面积修正作用的体现。

2. 色彩属性不变，随着面积的增大，对视觉的刺激力量加强，反之则削弱。因此，色彩的大面积对比可造成炫目效果。如在环境艺术设计中，一般建筑外墙、室内墙壁等都选用高明度、低纯度的色彩，以减低对比的强度，达到明快、舒适的效果。

3. 大面积色的稳定性较高，在对比中，对它色的错视影响大；反之，受它色的错视影响小。

4. 相同性质与面积的色彩，与形的聚散状态关系很大的是其稳定性。形状聚集程度高者受它色影响小，注目程度高，反之则相反。如户外广告及宣传画等，一般色彩都较集中，以达到引人注意的效果。

五、位置对比

面积是色彩不可缺少的特性，同样位置要素也是不可缺少的。同一面积中色彩位置的不同也能产生不同的视觉感受：

1. 对比双方的色彩距离越近，对比效果越强，反之则越弱。

2. 双方互相呈接触、切入状态时，对比效果更强。

3. 一色包围另一色时，对比的效果最强。

4. 在作品中，一般是将重点色彩设置在视觉中心部位，最易引人注目。

六、冷暖对比

我们把由冷暖差别而形成的色彩对比称为冷暖对比。以暖色为主称为暖调，以冷色为主称为冷调。冷暖对比构成了四种主要色调：

1. 冷调冷暖强对比。

2. 冷调冷暖弱对比。

3. 暖调冷暖强对比。

4. 冷调冷暖弱对比。

冷暖对比中暖调给人的感觉是温暖、热情的，而冷调给人的感觉是冰凉、朴素的。

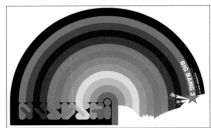

图 4-34 光谱色设计运用

图 4-35 flower

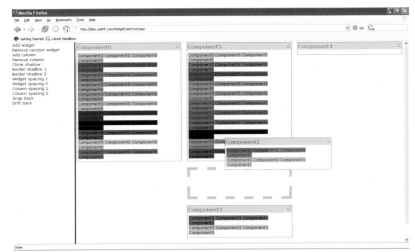

图 4-36 网页配色表

图 4-37 色彩面积对比

第五节　色彩设计方法

在色作品中，任何一个色相都可作为主色相，与其他色相组成类似、对比、互补关系。一般说来在以色彩对比为主的画面中，凡是关系清楚的搭配，都能构成美的色彩关系。通常主色调确定之后，其他色彩的运用必须清楚与主色相是什么关系，要表现什么内容，这样才能增强构成色调的计划性、明确性与目的性，使配色能力有所提高。无论是艺术创作还是设计实践，色彩的运用都是十分重要的技能。与创意思维的"玄而又玄"不同，色彩的设计是有一定的方法的。灵活运用这些方法将使我们的创作效果更加多样、制作程序更加便捷。

一、色彩混合

色彩在混合过程中，某些色彩不能用其他色彩混合而成，这种最初、最原始的色彩称为原色。理论上用原色可以混出所有的复色。

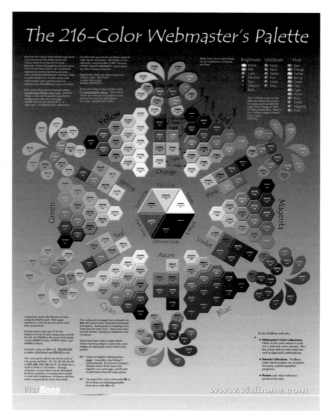

图 4-38 网页调色盘

色彩混合的类型有加法混合、减法混合和中性混合。

1. 加法混合

加法混合即色光混合。当不同的色光同时照射在一起时，能产生另外一种新的色光，并随着不同色混合量的增加，混色光的明度会逐渐提高。将原色光分别作适当比例的混合，可以得到其他不同的色光。电脑显示器的色彩就是色光加法混合出来的，它能够显示出百万种色彩，其三原色是红（Red）、绿（Green）、蓝（Blue），所以称之为RGB模式。

两色或多色光相混，混出的新色光明度增高，是参加混合各色光明度之和。参加混合的色光越多，混出的新色的明度就越高。把各种色光全部混合在一起则成为极强的白色光。

在色环上，相混合的两色光在色相环上的距离无论多远，形成的新色光均为相混两色光的中间色光。相距近混出的新色光纯度高，相距远混出的新色光纯度低，相距最远的补色光相混，其纯度消失。加法混合效果是由人的视觉器官来完成的，因此它是一种视觉混合。加色法混合的结果是色相的改变、明度的提高，而纯度并不下降。

2. 减法混合

减色法混合即色素的混合。在光源不变的情况下，两种或多种色料混合后所产生的新色料，其反射光相当于白光减去各种色料的吸收光，反射能力会降低。故与加法混合相反，混合后的色料色彩不但色相发生变化，而且明度和纯度都会降低，所以混合的颜色种类和次数越多，色彩就越暗越浊。这一点我们在水粉画调色过程中体会应十分深刻。

在色环上相混合的两色混合的结果也均为相混两色的中间色。两色相距较近时，混出的色纯度降低得少；两色相距远时，混出的色纯度降低得多；若两色为相距最远的互补色时，混出的新色纯度消失，为无倾向的黑灰色。

因此要混合出纯度较高的新色彩，一定要选择在色环上距离较近的色，如用黄绿和蓝绿混出的绿色，一定比用黄色和蓝混出的绿色的纯度高。各色料的本质的不同及混合时分量的不同都会影响混色的结果。另外，还有些色彩是无法用其他色彩混合出来的。

在理论上，将品红（Magenta）、黄色（Yellow）、青色（Cyan）三种色素均匀混合时，三种色光将全部吸收，产生黑色，但在实际操作中，因色料含有杂质而形成棕褐色，所以加入了黑色颜料（Black），从而形成CMYK色彩模式，即通常的四色印刷。

3. 中性混合

将两种或多种颜色穿插、并置在一起，于一定的视觉空间之外，能在人眼中造成混合的效果，称为中性混合，亦称空间混合。其实颜色本身并没有真正混合，它们不是发光体，而只是反射光的混合。因此，与减色法相比，中性混合增加了一定的光刺激值，其明度等于参加混合色光的明度平均值，既不降低也不升高。

由于中性混合比减色法混合明度显然要高，因此色彩效果显得丰富、响亮，有一种空间的颤动感，表现自然，物体的光感更为闪耀。

中性混合须具备的条件包括：对比各方的色彩比较鲜艳，对比较强烈；色彩的面积较小，形态为小色点、小色块、细色线等，并成密集状；色彩的位置关系为并置、穿插、交叉等；有相当的视觉空间距离。

中性混合受空间的距离变化而变化，在空间混合中距离越近，图像越清晰，反之则模糊。色彩与色彩的并置使得近看形象不清楚，而只有色点的感觉，远看则形象清晰。中性混合用点、线将色彩并置，达到空间色点、色线的效果。印刷色点的分布亦可看作是一种中性混合。

二、色彩推移

色彩推移是将色彩按照一定规律有秩序地排列、组合的一种作品形式。其特点是具有强烈的明亮感和闪光感，富有浓厚的现代感和装饰性，甚至还有幻觉感和空间感。

色彩推移类型包括：

（1）色相推移

色相推移是将色彩按色相环的顺序，由冷到暖或由暖到冷进行排列、组合的一种渐变形式。为了使画面丰富多彩、变化有序，可选用含白色或浅灰的色相环（似地球北半球的纬线），也可选用含中灰、深灰、黑色的色相环（似地球南半球的纬线）。

（2）明度推移

将色彩按明度等差级数系列的顺序，由浅到深或由深到浅进行排列、组合的一种渐变形式。一般都选用单色系列组合，也可选用两个色彩的明度系列，但不宜选用太多，否则易乱易花，效果适得其反。

（3）纯度推移

将色彩按纯度等差级数系列的顺序，由鲜到灰或由灰到鲜进行排列、组合的一种渐变形式。互补推移是处于色相环通过圆心180⁰两端位置上一对色相的纯度组合推移形式。

（4）综合推移

将色彩按色相、明度、纯度推移进行综合排列、组合的渐变形式。由于色彩三要素的同时加入，其效果当然要比单项推移复杂、丰

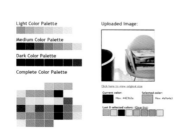

图 4-39 室内色彩分析

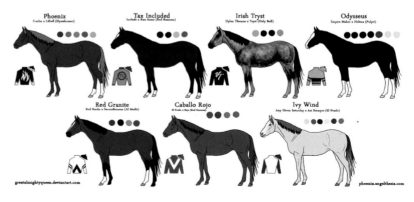

图 4-40 选手服与坐骑色彩协调性研究

富得多。

基本的色彩推移方法包括：

（1）平行推移

将色彩按平行的垂直线、水平线、斜线、曲线或不规则线进行等间隔或不等间隔条纹状有秩序地安排、处理。

（2）放射推移

定点放射：又称日光放射、离心放射，画面应确定一个或多个放射点，然后将色彩围绕入射点等角度或不等角度排列、组合。

同心放射：又称电波放射，画面有一个或多个放射中心，将色彩从放射中心作同心圆、同心方、同心三角、同心多边、同心不规则等形状，向外扩散处理、安排。

综合放射：将定点放射和同心放射综合在一个画面中进行组织、处理。

三、色调变化

色调大致可归纳成鲜色调、灰色调、浅色调、深色调、中色调等。变调即色调的转换，是艺术设计中色彩选择多方案考虑及同品种多系列设计的重要课题。变调的一般方式有定形变调和定色变调。

1. 定形变调

定形变调在保持形态（图案、花形、款式等）不变的前提下，只变化色彩而达到改变色调倾向的目的，是纺织、服装、装潢、包装、装帧、环艺等多种实用美术中经常采用的同品种、同花形、多色调的产品设计构思方法。

定形变调主要形式有：

（1）同明度、同纯度、异色相变调：根据原有设计色调，保持明度、纯度不变，只变化色相而改变色调的倾向。其色彩选择与组合的关键在于要将原有整组色彩的结构保持不变，然后在色立体中围绕中心轴，沿色相环作水平移动，基调色移到某一色相区，就形成某一色调，

图 4-41 google 浏览器 logo

图 4-42 海报用色示意

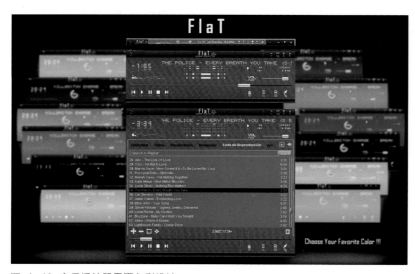

图 4-43 音乐播放器界面色彩设计

图 4-44 调色练习工具

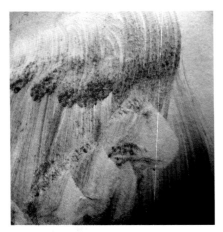

图 4-45 手绘随意涂抹

图 4-46 数码调色 加深

如移至红色相区组成红色调，移至蓝色相区组成蓝色调。

（2）异色相、异明度、异纯度变调：根据原有色调将色相、明度、纯度做全面改变，使其有完全不同的色调类型。

2. 定色变调

定色变调实质是保持色彩不变，变化图案、花形、款式等，即变化色彩的面积、形态、位置、肌理等因素，达到改变总体色调倾向的目的，是实用美术中产品、作品同色彩、多方案、多品种的系列设计构思方法。

色调转变的关键最主要在于大面积基调色的变化，其次是将色彩作小面积点、线、面形态的交叉、穿插、并置组合，利用色彩的空间混合效应，少色产生多色的效果，鲜色产生含灰色的感觉，使色彩之间互相呼应、取代、置换、反转与交织，做到你中有我，我中有你，使各色调既有变化又很统一，既有整体性又有独立性，有很强的系列感。

四、色彩协调

色彩的美感能给人以精神、心理方面的享受，人们都按照自己的偏好与习惯去选择乐于接受的色彩，以满足各方面的需求。狭义的色彩调和标准要求提供不带尖锐的刺激感的色彩组合群体。但这种含义仅提供视觉舒适的一方面，因为过分调和的色彩组配，效果会显得模糊、平板、乏味、单调，视觉可辩度差，多看容易使人厌烦、疲劳。

色相环上大角度色相对比的配色类型，对人眼的刺激强烈。过分炫目的效果，更易引起视觉疲劳，产生极不舒服的不适应感，使人心理随着失去平衡而显得焦躁、紧张、不安，情绪无法稳定。因此，在很多场合中，为了改善由于色彩对比过于强烈而造成的不和谐局面，达到一种广义的色彩调和境界，即色调既鲜艳夺目、强烈对比、生机勃勃，而又不过于刺激、尖锐、炫目，就必须运用强刺激调和的手法。

1. 面积法

将色彩对比特点是色相对比强烈的双方面积反差拉大，使一方处于绝对优势的大面积状态，造成其稳定的主导地位，另一方则为小面积的从属性质。如中国古诗词里的"万绿丛中一点红"等。

2. 阻隔法

又称色彩间隔法、分离法等，分为强对比阻隔和弱对比阻隔。

强对比阻隔：在组织鲜色调时，将色相对比强烈的各高纯度色之间，嵌入金、银、黑、白、灰等分离色彩的线条或块面，以调节色彩的强度，使原配色有所缓冲，产生新的优良色彩效果。

弱对比阻隔：对因色彩间色相、明度、纯度各要素对比过于类似而产生的软弱、模糊感觉进行补救时常采用此法。如浅灰绿、浅蓝灰、浅咖啡等较接近的色彩组合时，用深灰色线条作勾勒阻隔处理，能求得多方形态清晰、明朗、有生气，而又不失对比色调柔和、优雅、含蓄的色彩美感。

3. 统调法

在对多种色相对比强烈的色彩进行组合的情况下，为使其整体统

一、协调，往往加入某个共同要素而让统一色调去支配全体色彩，称为色彩统调，一般有三种类型。

色相统调：参加组合的所有色彩中都含有某一共同的色相，使配色取得既有对比又显调和的效果，如黄绿、橙、黄橙、黄等色彩组合，由黄色相统调。

明度统调：参加组合的所有色彩中都含有白色或黑色，以求得整体色调在明度方面的近似，如粉绿、粉红、天蓝、浅灰等色的组合，由白色统一成明快、优美的"粉彩"色调。

纯度统调：参加组合的所有色彩都含有灰色，以求得整体色调在纯度方面的近似，如蓝灰、绿灰、灰红、紫灰、灰等色彩组合，由灰色统一成雅致、细腻、含蓄、耐看的灰色调。

4. 削弱法

将色相对比强烈的多方，从明度及纯度方面拉开距离，减少色彩过于显眼、生硬之感，增强画面的成熟感和调和感，如红与绿的组合，因色相对比距离大，明度、纯度反差小，感觉粗俗、烦躁、不安。但分别加入明度及纯度因素后，情况会改观，如红+白=粉红，绿+黑=墨绿，它们组合后好比红花绿叶的牡丹，感觉变得自然、生动、美丽。

还可以将以上方法综合使用。如黄与紫色组合时，用面积法使黄面小，紫面大，同时使黄中调入白色，紫中混入灰色，则变成淡黄与紫灰的组合，感觉既有力又调和，这就是同时运用了面积法和削弱法的结果。

图 4-47 数码调色 去色

图 4-48 数码调色 对比

作业：

1. 选定某一色相，做它的明度序列（手工或电脑不限）。

2. 手绘或二维软件辅助做24色相环练习。

3. 分别以色相对比、明度对比、纯度对比、面积对比、位置对比、冷暖对比为主进行构成设计训练。

4. 根据色彩推移的方法分别进行色相推移、明度推移、纯度推移和综合推移训练。

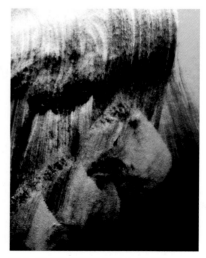

图 4-49 数码调色综合练习 钱安明

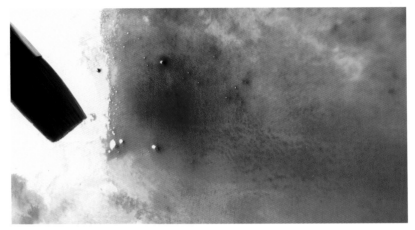

图 4-50 偶然色彩 数码色调练习 加深

图 4-51 偶然色彩 数码色调练习 减淡

图 4-52 偶然色彩 数码色调练习 压暗

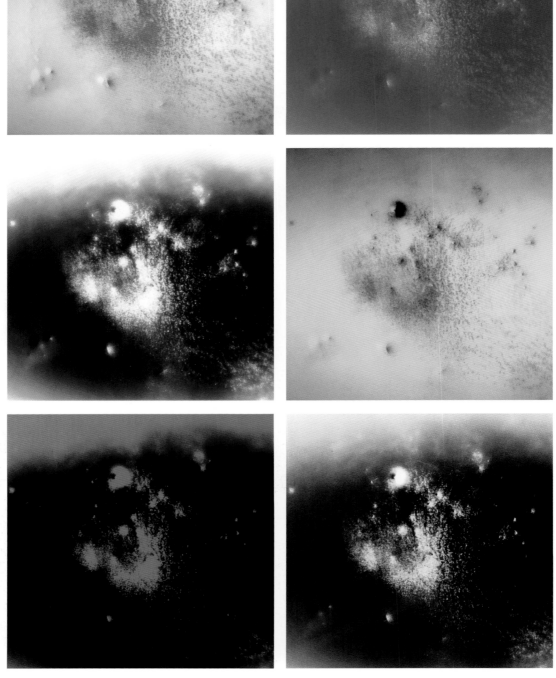
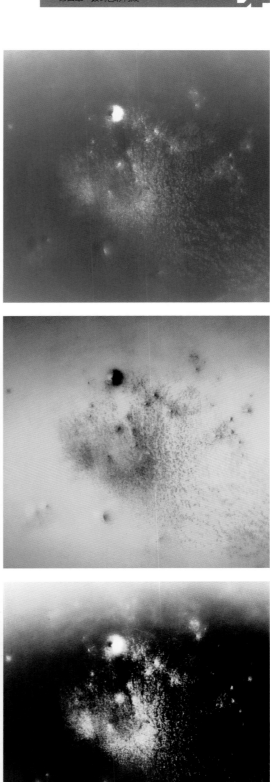

图 4-53
截取画面
调节对比
度、色调、
饱和度……
钱安明创作

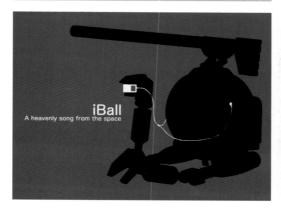

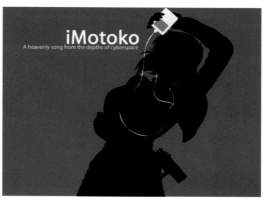

图 4-54 冷调

图 4-55 暖调

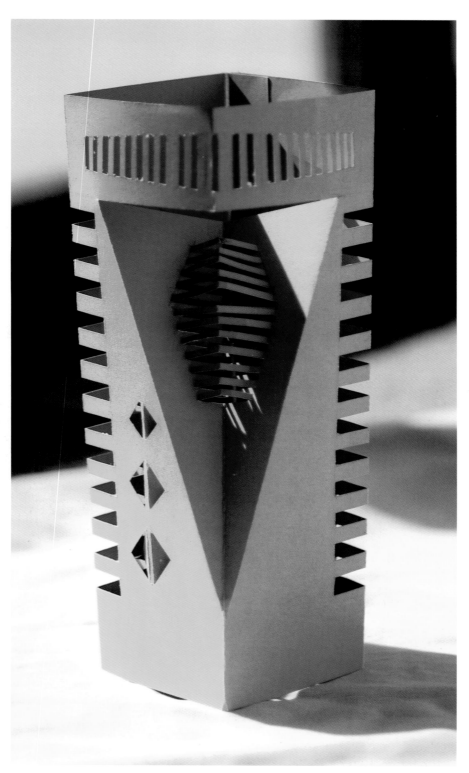

图 5-1

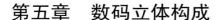

第五章　数码立体构成

▶ 学习目标：
　　了解立体构成的概念、立体构成与二维平面形象的区别与联系，熟悉立体构成的不同形式。

▶ 学习重点：
　　立体构成的不同形式。

▶ 学习难点：
　　立体构成的制作方法。

图 5-2

　　我们生活在三维世界中，日常所接触的各种物体，小到一只蚂蚁，大到摩天大楼，都具有三维形态的共性问题。虽然我们时刻都在接触和感受三维形态，但我们更多的却是用平面的思维来思考和表现它们，这就使我们的三维创造能力受到很大的影响。

　　学习立体构成，需要从立体造型的特点出发，不断训练空间转换能力和立体想象力，培养对形体的概括、提炼和联想力、想象力。立体形态的想象力是完成立体构成创作的基本能力，从平面的形转为立体的态，没有想象力是无法实现的。这就需要通过对基础造型的学习、训练，逐渐提高由平面进入立体空间的转换能力和立体想象能力，要求学习者应该具有敏锐的造型意识和掌握恰当的表现方法。

图 5-3

图 5-4 三维渲染效果

图 5-5

图 5-6 立体贺卡制作

▶ 第一节　立体构成概述

三维造型与二维形态的区别在于，三维形态可以从不同的角度呈现不同的外形，由于比二维形态多了一个维度，就要求不仅具有前面，而且具有侧面、上面、下面、后面等多视点、多角度的造型面。视点和造型面的增加，也大幅度地扩展了造型的表现领域。三维立体造型与二维造型的另一个重要区别在于，三维造型是要具备能承受地心引力的力学性坚实结构，部分还须有抵抗风、雨、雪、地震等各种外力影响的能力，如各种建筑等。此外，立体造型领域还能使形体产生真实运动——引入了动态与空间新概念，这是在二维领域所无法想象和实现的。

培养空间想象能力的立体构成可利用3DSMAX等三维软件进行计算机建模及渲染。虚拟设计可让我们从各个角度观察物体，并能方便地进行调整修改，这对培养空间想象能力的训练很有帮助。3DSMAX软件系统还提供了强大的材质库，可以进行材质的真实模拟或非真实渲染。

立体构成（three dimensional constitution）是现代艺术设计的基础构成之一。研究立体形态各元素的构成法则，是相对于模仿的一种造型新概念，是立体创造的一种科学方法。立体构成也称空间构成，是一门研究在三维空间中如何将立体造型要素按照一定的原则组合成赋予个性的美的立体形态的学科。它是以一定的材料、视觉为基础，以力学为依据，将造型要素按照一定的构成原则，组合成美好形体的一种构成形式，其主要任务是揭开立体造型的基本规律，阐明立体设计的基本原理。

与二维平面形象不同的是，立体构成是三维度的实体形态与空间形态的构成，结构上要符合牢固性要求，同时也离不开材料、工艺、力学、美学方面知识的运用。立体构成通过材料、结构将形态制作出来，这与产品设计相同。恰当地运用新材料制作立体构成的作品，也是取得好效果的关键。现实中使用新材料制作实体样品有很多的限制，而当运用计算机进行创作时可通过计算机系统提供的灯光、摄像机、动画等手段更完美地表现自己的作品，降低了手工操作的难度，数码立体构成的魅力与意义也体现在这里。

立体构成的原理已广泛地应用于工业设计、展示设计、环艺设计、包装设计、POP广告设计、服装设计等领域。除了在平面上塑造形象与空间感的图案及绘画艺术外，其他各类造型艺术都应划归立体艺术与立体造型设计的范畴。它们的特点是以实体占有空间、限定空间，并与空间一同构成新的环境、新的空间视觉艺术。

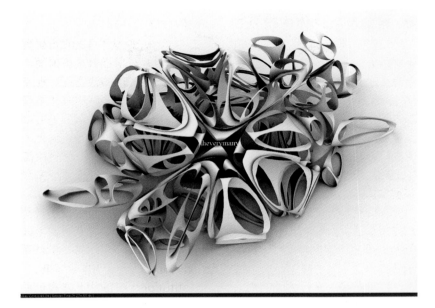

图 5-8 茄子雕刻作品

图 5-9 小鱼儿组合构成

图 5-7 数字化建模练习

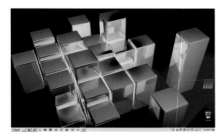

图 5-10

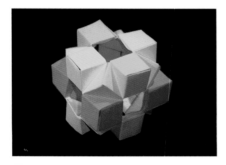

图 5-11

图 5-12

▶ 第二节　几何体构成

几何形体的造型是最基本的构成形态。立体几何形的单独体可以分为球体、立方体、圆柱体、圆锥体、方柱体和方锥体等几种基本形体。几何形体的造型可以是实心的单独体，也可以是体现空间的空心体。如果加以物理外力作用，进行拉伸或挤压，使这几种基本形态变形，便可以产生具有多种生命力的造型。让几何体块增值或消减，再加以重构，是变形的又一种手段。将这些相同的和不同的单体、综合体加以组合，能变化产生出丰富的造型形态。

一、球体构成

立体造型中的球体，是圆点的放大，是自然形态里的原始符号。它的美学价值象征着美满、团圆和凝聚力量。球体构成是自然形态向艺术造型的飞跃。单个球体能成为视觉的焦点，多个球体的组合能形成变化万千的新造型形态。

二、立方体构成

立方体有六个面、八个角点、十二根边线。可以根据这种形态的基本元素，进行变形、分割、组合获得更多造型的构成形式。纯粹的立方体会显得单调，但进行切割、增补等操作便能产生丰富而统一的立体组合。如摩天大楼，虽"核心筒"部分基本上都是方体，但仅通过一些细节的处理就使得每栋大楼都有了各自的风貌。

三、柱体与锥体

柱体的造型有圆柱体和方柱体，又可以看成是放大的线和圆弧形的面。顶端平切为圆形，斜切为椭圆形。

锥体形状很容易让人想起原始石器时代的利器、哥特式教堂的尖顶和埃及的金字塔。锥体的造型特点尖锐刚劲，具有明确的指向性。

图 5-13 钻石切面构成

图 5-14

图 5-15

图 5-16

图 5-17

图 5-18

图 5-19

图 5-20

图 5-21

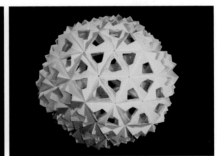

图 5-22

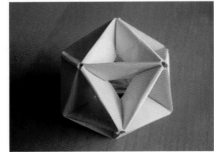

图 5-23

图 5-24

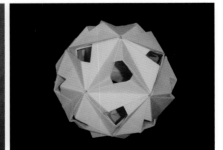

图 5-25

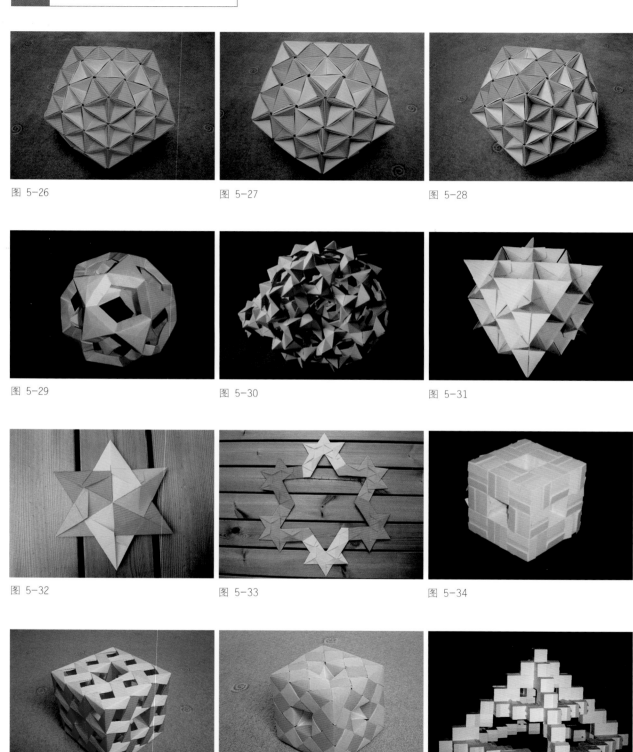

图 5-26

图 5-27

图 5-28

图 5-29

图 5-30

图 5-31

图 5-32

图 5-33

图 5-34

图 5-35

图 5-36

图 5-37

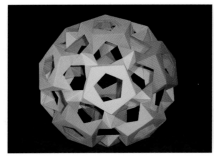

图 5-38

图 5-39

图 5-40

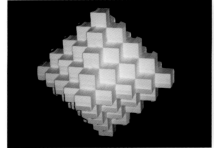

图 5-41

图 5-42

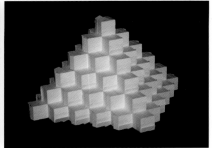

图 5-43

图 5-44

图 5-45

图 5-46

图 5-47

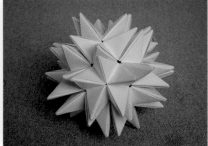

图 5-48

图 5-49

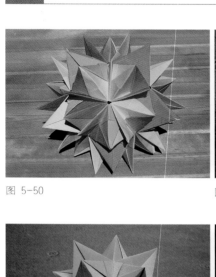

图 5-50

图 5-51

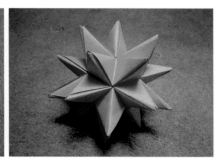

图 5-52

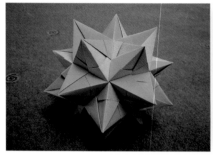

图 5-53

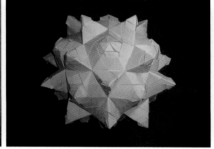

图 5-54

图 5-55

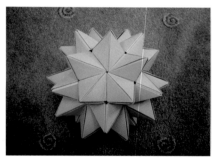

图 5-56

图 5-57

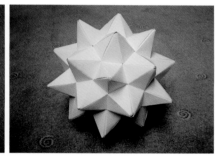

图 5-58

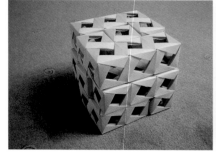

图 5-59

图 5-60

图 5-61

图 5-62

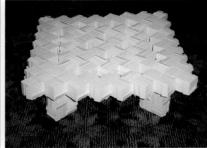

图 5-63

图 5-64

图 5-65

图 5-66

图 5-67

图 5-68

图 5-69

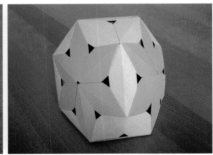

图 5-70

图 5-71

图 5-72

图 5-73

图 5-74 数码手段塑造复杂形体

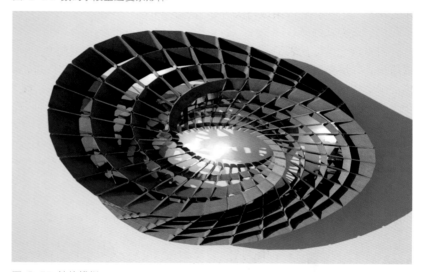

图 5-75 结构模拟

图 5-76 三维立体转化为二维图形

第三节 拓展构成

造型上除了几何形体的组合构成外，还有其他各种形态的综合构成。这些构成表现丰富、形式多样，还融合了造型之外的光学、力学、材料学、心理学等领域知识的综合创造。我们将这些新立体构成形式统称为"拓展构成"。

一、动态构成

动态构成是根据物理学中的动力因素构成的现代立体造型。在我们周围，力学构成现象随处可见。它以各种稳定、平衡的模式体现，尤其是在建筑上。如打桩地基，悬空的平台，圆形的拱门，大桥的斜拉索等，都是通过各种重心力、支撑力、拉力、压力等来使建筑物稳定的，同时也使人在视觉心理上产生一种"惊险"的美感，这是一种"视觉动态"的构成运用。

纯粹意义上的动态构成主体是在做绝对运动的，简而言之就是动的物体。动态的造型的驱动方式有很多，可以依靠电力、机械力、风力、水力推动等，也还可以采取与人互动的方式。

二、装置构成

装置观念构成代表了后现代艺术文化象征，也包括了构成艺术的形式原理。它是在形态构成之上的，综合了各艺术门类及众多学科，是人内心感觉的视觉化，将真实的物体和真实的空间抽象地表现出来，并赋予当代人的社会状况、精神状况和心理状况。装置艺术借助物体形象来传播思想观念。

装置构成形式多样，可以是成品装置构成、室内整体构成，还可以是结合环境现场来表现的户外装置构成。

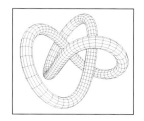

图 5-77

图 5-78

图 5-80 水晶造型设计

图 5-79 易拉罐构成

图 5-81 上海科技馆   图 5-82 上海五角场

图 5-83 柏林城市雕塑 殷方娟摄于德国

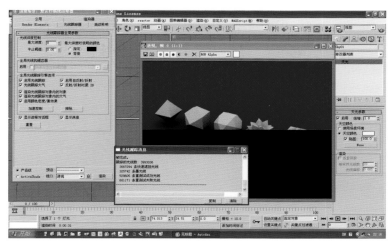

图 5-84　数码构成设计过程　软件界面截图1

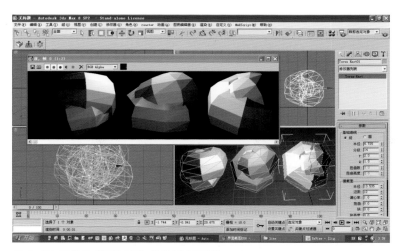

图 5-85　数码构成设计过程　软件界面截图2

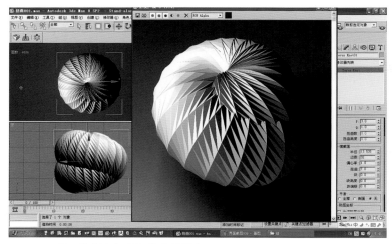

图 5-86　数码构成设计过程　软件界面截图3

图 5-87 雕塑选材

图 5-88
比例缩小
模型

图 5-89 Angeliska 大型装置雕塑
making iron art 金属工艺加工

图 5-90 现场组装

图 5-91 Emergence 实景

三、结与软雕塑

在物理学范畴里有一种非常独特的模型——结。这种造型现今也是3D建模软件的基本模型之一，因其参数可调，所以能产生无限多个新的造型形态。

对于结的另一层理解就是用绳状物打疙瘩或用这种方式形成的结构方式。最为我们熟悉的结艺形式当属中国结（Chinese knot）。

"软雕塑"与硬质材料团块造型截然不同，它是以纺织品材料及各种化纤软性材质构成，造型表现的方式除了编织之外，还可用缠绕、扎系、折叠、包裹等种种手法创造。

"软雕塑"的形态是室内理想的装饰，它可以作为立体雕塑立放中间或是悬挂空中，也可以作为壁饰挂在墙面，还可以装饰布置整体空间。选用的硬性材料有铁丝、钢丝、竹条、藤条、柳条等；软性材料有毛线、布条、麻绳、线绳、塑料等。

四、光构成

随着科学的进步发展，光立体构成的现象也越来越引起艺术家与人们的关注。从城市夜景，室外的霓虹灯、建筑、街灯到室内商场、宾馆、舞厅的装饰照明，从节日欢快中的彩灯组合、烟火，喷泉水柱的激光交叉光束构成到清静悠闲的灯光、灯笼、星火构成，所有这些光的构成表现，虽然没有造型中的硬质和重量，但我们同样可以把它看成是材料元素，去把握构成三维立体的造型形态。

光立体构成有大小、形状、位置、形式的变化和色彩变化，还有光与影的动感变化。光立体构成又归为两类：一类称光体固定构成，意指发光体依附造型本身，固定不动；另一类称投射动感构成，光体以发射、交叉形成，并带闪烁动感变化。

作业：

1. 根据立体构成的几种形式，手工制作单一材料或综合材料构成的立体作品。

2. 运用3D软件创作多幅数码立体构成。

图 5-92 美国雕塑家仁德尔马埃斯特雷创作了一批用铅笔制作的小型雕塑艺术品。创作每一件铅笔艺术品约费时2个月，而灵感则来自海洋生物。

图 5-93

卖场内构成应用　殷方娟
摄于德国柏林

结语：构成教学数码化

随着信息时代的到来，计算机应用技术快速渗透到社会各个领域并发挥着重要的作用，逐渐成为人类当代文化的重要组成部分。计算机的各类应用软件层出不穷，并不断升级。高科技的融入，大大地拓展了设计艺术的视觉审美领域，丰富了设计的思维及表现手段，为设计师带来了先进观念和新的设计思想。

电脑辅助教学之前的手工色彩构成课在训练色彩应用时，师生皆想当然地认为颜料是表现色彩的唯一媒介。但在LED和桌面排版的时代，如果还是用水粉做作业练习，只能说明教书先生的懒惰和迟钝。即使把原理一清二楚地讲出来，最后出来的还是水粉画（绘画三原色），而这很可能与实际设计无关。为什么不能将实物直接用数码相机拍下来，电脑取色（RGB）？为什么不能直接剪切拼贴印刷品（当然印刷品也是颜料印染，却是CMYK）？为什么不能直接用自然界的彩色物体（HSB）？

AutoCAD、Photoshop、CorelDraw、Illustrator、3DSMAX等是目前常用的数码绘图软件。当然任何软件，都只是设计的工具，而不是设计的终极。我们要在掌握这些应用软件的基础上，利用计算机的快速、高效、便捷，开发、挖掘创新思维能力。只有使人机两种设计语言有机地结合起来进行创作，才能创造出高品质的设计作品。

现代设计教育已呈多元化格局发展，而且教育手法多样，其中计算机辅助设计已成为主流。构成本身亦是高科技的产物，涉及的知识结构、内容和形式都相对开放而多元。因此，计算机辅助构成教学模式与传统的教学模式相比，具有很大的优势。它可变革构成方式，催化设计过程，节省制作时间，提高学习效率，还可激发人们的创新思维能力，使构成作品更具创造性。

众多的设计领域都离不开造型、比例、空间、色彩、质感、体感等因素。构成的视觉语言、思维方式对工业设计、建筑设计、城市设计、标志设计、广告设计、舞台设计、纺织品设计、服装设计、家具设计、环境设计等有重要影响。设计中的材料、造型、色彩都需要用构成的法则、审美的眼光来组合、设计。

学生构成作业

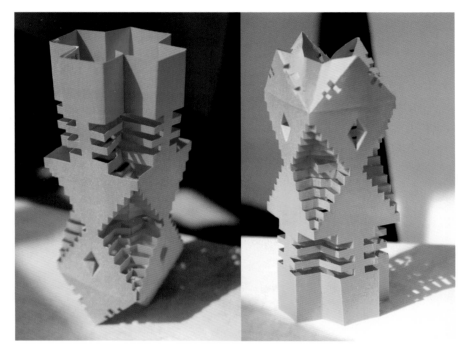

图 6-1 学生纸立体构成

图 6-2 纸构成建筑   图 6-3

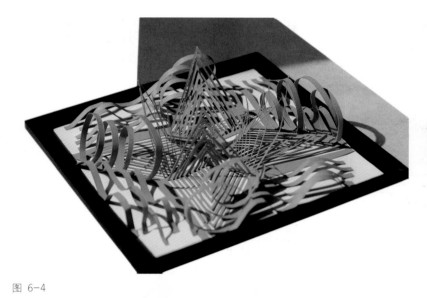

图 6-4

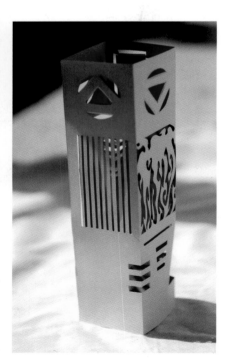

图 6-6

图 6-5 河北科技师范学院 学生作业1

图 6-7

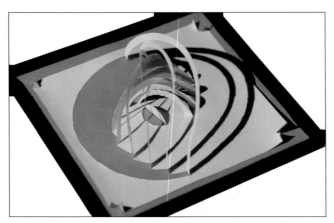

图 6-8 平面与立体相互转换1

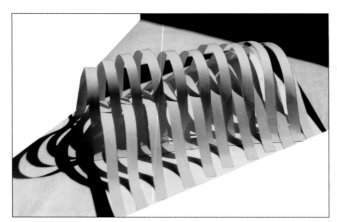

图 6-9 平面与立体相互转换2

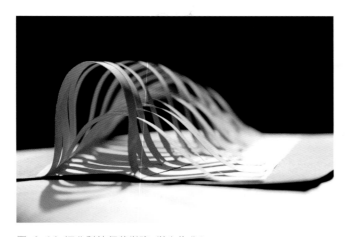

图 6-10 河北科技师范学院 学生作业2

图 6-11 纸雕塑构成作业

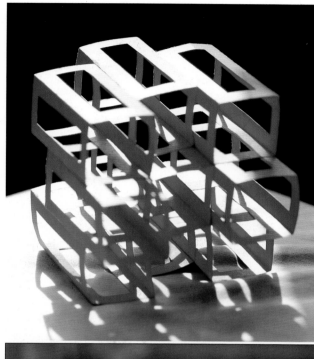

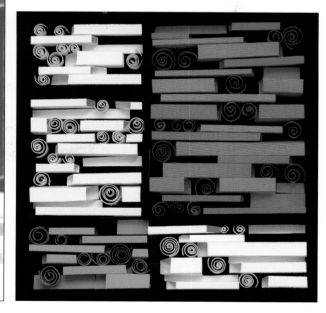

图 6-12 河北科技师范学院 学生作业3

图 6-13 纸雕塑 老人像

图 6-14 多面球

图 6-15 结构造型

图 6-16 安徽农业大学 学生构成作业 指导教师：湛群、赵飞

参考文献

徐亚非. 计算机设计基础. 北京：高等教育出版社，2002. 8

徐亚非. 电脑美术设计基础. 上海：东华大学出版社，2004. 1

陆小彪，钱安明. 设计思维. 合肥：合肥工业大学出版社，2006. 5

朱国勤. 现代招贴艺术史. 上海：上海书店出版社，2000

邬烈炎. 设计要素点击. 南京：江苏美术出版社，2003

靳埭强. 中国平面设计（1-4）册. 上海：上海文艺出版社，2001

汪芳. 平面构成教程. 杭州：浙江人民美术出版社，2005. 2

范小春，周小瓯. 色彩构成教程. 杭州：浙江人民美术出版社，2004. 9

张宪荣，张萱. 设计色彩学. 北京：化学工业出版社，2005

刘明来. 立体构成. 合肥：安徽美术出版社，2008. 2

俞爱芳. 立体构成教程. 杭州：浙江人民美术出版社，2004. 9

王受之. 世界平面设计史. 北京：中国青年出版社，2002

王受之. 美国插图史. 北京：中国青年出版社，2002

潘公凯. 视觉传达设计. 杭州：中国美术学院出版社，2000

杨裕富. 创意思境：视觉传达设计方法. 台北：田园城市，1997

[英]约翰·沙克拉. 设计——现代主义之后. 卢杰，朱国勤译. 上海：上海人民美术出版社，1995

[韩]李在万. 设计师谈配色艺术. 北京：电子工业出版社，2007. 5

[日]原口秀昭. 路易斯·I. 康的空间构成. 徐苏军，吕飞译. 北京：中国建筑工业出版社，2007. 11